GOBOOKS & SITAK GROUP ©

三日月書版

K U J I R A N O U M I
輕世代 BL018
三日月書版
鯨之海
SEA OF THE WHALE
author. YY的劣跡
illust. あさ
2

SEA OF THE WHALE

鯨之海

Contents

第二十一章 清醒 011
第二十二章 白璟 023
第二十三章 打嗝 035
第二十四章 重逢 047
第二十五章 愛慕 061
第二十六章 出發 075
第二十七章 驚夢 085
第二十八章 登陸 097
第二十九章 老家 107
第三十章 蛻變 119
第三十一章 夜奔 131
第三十二章 三方 141
第三十三章 浮龜 153
第三十四章 洪水 165
第三十五章 夢回 177
第三十六章 見面 189
第三十七章 鯨歌 201
第三十八章 歸處 215
番外 同居紀錄二 227

characters

白璟（三胖）

性格：初期呆萌，中後期成長。性格衝動，容易認真，單純。

形態1
藍鯨

形態2
半人鯨

形態3
人類

SEA OF THE WHALE

characters

慕白

性格：前期純粹獸性的掠食者思維，中後期稍微增加人類的理性思維。性格強勢，有些自戀。

形態1 大白鯊

形態2 半人鯊

第二十一章 清醒

「醒醒，醒醒。」

「他還有意識嗎？」

「快點，多拿些衣服，調高室溫！」

三胖覺得頭痛，爆炸前耳邊的鳴音震得他腦袋生疼。疲倦如海襲來，他只想拋下一切好好睡覺，卻總有人不讓他如願，像蒼蠅似的嗡嗡噪音不斷在周圍徘徊。

安靜點，就不能讓我睡個好覺嗎！

「你是想睡得一覺不起？」

似乎有人冷冷在他耳邊輕哼。

「再睡下去，一年都沒有磷蝦。」

「不要啊！我的蝦——」

三胖掙扎著睜開眼，卻看到一片陌生的蒼白色。

習慣了海底深藍背景的三胖，有些困惑地眨了眨眼。難道自己漂流到冰山底下了？

下一秒，一張湊到眼前的大臉打破了他的幻想。

「你終於醒啦，有沒有哪裡不舒服？」

久違的熟悉語言在耳邊迴盪著。

這個湊過來的傢伙，有著兩隻眼睛、一個鼻子，一張大嘴咧得很開，一對招風耳也很有特色，尤其是一頭快掉光的頭髮，也是那麼地令三胖熟悉。

等等，我不是在海底嗎？眼前這個中年男人是誰？不要告訴我，是慕白化形失敗變成這副模樣了！

三胖還在發呆的時候，中年男人又收回頭去，大喊：「小李，他神志好像還不清楚。」

「這很正常。」醫生走過來，量了量三胖的體溫，翻起他的眼皮看了看，道，「在這種溫度下落海，他能活著都是運氣。只是低溫會對大腦造成不可挽回的損害，痴呆也是有可能的。」

「誰是痴呆！」

躺在床上的病人一掌拍開醫生的手，咬牙道：「我只是一時沒回過神來而已！」

三胖氣呼呼地看著對方，總算明白自己現在的處境。他現在和一群人類待在一塊，他被人救了。

「語言和感情功能正常，初步證明大腦沒有受到損害。」醫生記下幾筆，啪的一聲又把三胖推回床上，「但是泡在將近零下的海水中時間過久，有可能身體組織也受到嚴重凍傷，繼續觀察。」

他推了推眼鏡，鏡片閃過一道冷光：「不想殘廢，就給我乖乖躺著。」

看見醫生這副模樣，氣短的三胖立刻鑽回被窩裡躺好，還不忘幫自己塞被角，裝出一副我很乖的模樣。

醫生瞥了他一眼，又去忙別的。

「哎，你別生小李的氣啊。」這時，三胖第一個看見的中年男人又湊上來，溫和道，「剛發現你漂在海裡的時候，他比誰都著急呢。他就是嘴毒了些，別介意。」

三胖搖頭。

不介意，根本不介意。嘴更毒的我都見識過，這點算什麼。

「來，餓了嗎，喝點熱的，要不要加點糖？」

「謝謝，不要糖。」

三胖傻乎乎地接過熱茶。

「不、不是。」愣了半晌他才反應過來，困惑地說，「我怎麼會在這，你們又是誰？」

「還知道問問題？」醫生冷哼一聲，「我以為你就這麼被人賣了都不知道。」

「小李！對待病人要如春風般和睦。」中年男人板著臉道。

醫生撇了撇嘴角，不說話了。

中年男人又轉頭對三胖道：「小朋友，你現在是在南極研究站。我是領隊衛深，幫你診療的是我們的隨隊醫生李雲行，我們還有其他隊員，都是今年夏天剛輪換的。對了，我們是在海邊發現你的，你對之前的事還有記憶嗎？」

南極研究站？

「這裡是中山站？」三胖愣愣道，「我怎麼跑到這裡來了？」

「這裡是長城站。」衛領隊道，「和中山站隔著一個南極大陸。至於你是怎麼到這來的，我也不知道，我們就是在海邊順手撿了你，呵呵。」

還真是順手，當成是撿了隻貓狗回來嗎？

三胖無力吐槽。

「你還記得之前的事嗎？」衛深又問，「是不是你坐的船隻出事了？你是來南極探險，還是坐遊輪來旅遊的？」

「老大。」一旁的醫生李雲行道，「就他這個身材，能當探險隊員嗎？肯定是哪家落難的公子哥。」

敢說我瘦小？三胖拚命瞪大眼睛瞪著醫生。說出來不怕嚇死你，我做鯨時將近二百噸；做人時，好歹也有七十五公斤！最起碼肚子上的肥肉就得有……得有，天啊！我的肥肉呢？

三胖摸了摸自己的腰，頓時驚呆，陪伴他二十年的游泳圈竟然不見了。

他連忙把頭鑽進被窩裡，一看，魂都飛了一半。

這纖細的手、這毫無贅肉的腹部、這迷人的人魚線、這修長的大長腿，這……

這他媽究竟是誰的身體啊！

我的肥肉呢？我的三層游泳圈呢？我的禦寒隨身脂肪包呢？

「喂，喂，你還好嗎？怎麼了？」

衛深伸手在三胖眼前揮了揮，卻不見回應，「小李，快過來看看！這個小伙子好像又不對勁了！不好，他昏過去啦！」

三胖被自己嚇暈了。

只是這一次，他睡得沒有那麼長，也沒再在夢裡聽見慕白的聲音。當他睜開眼時，看見的仍舊是衛深的禿頭，而他懷念的那隻大白鯊，不知道去了哪裡。

等我，我一定會去找你。

三胖默默地坐在床上，把臉埋進被窩裡，心情低落。說話不算數的傢伙。說好了來找我，究竟跑哪裡去了？

「你醒了？」

衛深端著一盤晚餐走過來，「小李說你是饑餓加上受到驚嚇才會昏倒，吃點東西吧。」

「謝謝。」

三胖接過了食物。端著許久沒見過的熱騰騰晚餐，他心裡卻覺得莫名難過。

「衛先生。」

「叫我衛叔叔就好。」

「衛叔叔，你們救起我的時候，有看見其他人嗎？」三胖試探地問道，「不一定是人，就算是一隻……一隻魚啊什麼的也好，有別的生物在附近嗎？」

衛深看著他的臉色，小心翼翼道：「你也知道，海難，尤其是南極附近的海難，通常很難有倖存者。我們當時只發現了你一個，但是這不代表著其他人就全部遇難了！也許他們只是漂流到了別的海域，你別太在意。」

三胖默默地點了點頭，心裡卻對他的話不抱期望。慕白若是昏迷時順水漂流被人撿到，下場未必比被軍艦活捉回去要好多少。

畢竟，他是鯊，不是人。

人……

三胖捏了捏自己的手臂，至今還不敢相信，自己又變回了人類的樣貌。不是慕白的半人型，而是徹徹底底的人類身軀，甚至就是他變成鯨魚前的那副外貌。

三胖曾偷偷看過，就連他從小長在左邊屁股瓣上的那顆黑痣都一模一樣，證明這的確是他原裝的身軀，童叟無欺。

只是瘦了點，不，是瘦了太多，連三胖自己都差點認不出來！

衛深見他沉默不語，又安慰道：「你別太著急。等我們修好了通訊工具，就能聯繫上國內，到時候，一定會幫你找到你的親友。」

聯繫？

三胖敏銳地發現關鍵字，驀地抬頭問：「難道現在，基地不能和外面聯繫嗎？」

衛深皺著眉點點頭：「前天，南極附近突然爆發了一場電磁風暴，將我們所有的通訊器具都破壞了，基地也和國內失去聯繫。你沒見到其他隊員吧，大家都忙著修理呢。」

電磁風暴。

三胖默默地咀嚼著名詞，想起最後見到慕白時對方身上的異樣。

南極的這場電磁風暴，會不會和慕白有關？如果是這樣，那慕白現在情況又如何？他有沒有躲過軍艦的追捕，有沒有受傷？

就在三胖憂心大白鯊的安危時，房門被人用力推開：「老大，我們接收到訊號了！」

衛深猛地站起來：「有回覆了？聯繫上哪一方？」

來人支吾道：「聯繫是聯繫上了，但是，唉……老大你自己來看吧。」

衛深跟著他前往眾人聚集的房間，只見十幾個人圍著一個無線電臺，這還是隊員裡一個無線電愛好者的備用品。因為存在壓箱底的角落，它在這次災難中逃過一劫，受損不嚴重，很快就修好了。

衛深走進屋的時候，無線電臺正放出微弱的聲音。

「啵茲……重複一遍，這裡是美軍第七艦隊，我們與同盟航行在南極海域，所有雷達與定位系統均已失效，請求支援，茲……經緯度是……茲茲……收到請回應。這裡是美軍第七艦隊。」

「老大！」

「衛深。」

「老衛。」

隊員們看見他進來，全都抬起頭。

有人詢問道：「我們要回覆嗎？」

衛深沉默了片刻。

「回覆。」

他深吸一口氣。

「這裡是南極，中國長城研究站。」

第二十二章　白璟

失聯整整兩天後，研究站的隊員終於聯繫上了第一個外界訊號，然而對方的身分和國籍，也讓研究站內充滿了擔憂。

無論如何，作為整個南極大陸範圍內目前唯二有訊息的其中一方，他們並不打算放棄這個難兄難弟。

與對方取得聯繫後，研究站負責為艦隊導航，而艦隊將安排一支軍艦在附近登陸，與研究站進一步交流。

就在衛深和一眾研究隊員忙著回覆對方訊息時，三胖披著被子站在門後。

「軍艦……」

他喃喃念著這個詞，背光的臉色陰晴不定。

當天下午，研究隊的成員全體外出，只留下李雲行留守。

醫生看了床上的病患一眼，主動上前交談。

「身體還好嗎？」

三胖點了點頭。

醫生又問：「你的名字是？到現在我們還不知道你叫什麼。」

「……」

屋內只有兩人，李雲行端著水遞過來，抬頭看了眼：「不方便說嗎，還是你不信任我們？」

「不。」

三胖搖了搖頭，神色複雜道：「只是不久前，也有人問我這個問題。」

他的話沒有說下去，但是李雲行看著他的表情，就知道事情多有不測。

這畢竟是個海難遇難者，之前問過他同樣問題的伙伴，恐怕已經不在人間了。無疑，戳中了人家的傷心事。

李雲行歉然道：「抱歉，如果你不方便，不用勉強……」

「白璟。」

在李雲行還沒想好如何安慰之前，坐在他對面臉色蒼白的年輕人已經說出了答案。

「我叫白璟，只是已經很久沒人這麼稱呼過了。」

「白璟……」

李雲行默念了幾遍，看著對方在燈光下的側臉，說：「很適合你。」

俊而不剛，秀而不媚，眼前這個年輕人的確很適合這個名字。他其實長得很好看，只是大概是身體受了凍，臉色一直不是很好。

李雲行想著，放緩了語氣：「不用擔心，既然我們已經和外界取得聯繫，附近又有軍隊，相信事情很快就會有轉機。等對方的人抵達這裡，就可以交流情報，我們也能弄清楚這次突如其來的電磁風暴究竟是怎麼回事。」

白璟點了點頭。

這些事，衛深已經對他說過了。長城研究站與失去導航系統的美軍聯合軍隊聯繫，研究站負責將對方引導到港口，軍方則為研究站提供支援和物資。

登陸的時間就在一小時後，研究站的人員都已經動身去岸邊迎接，只有李雲行留在這裡，繼續照料白璟。當然，也是監視。

只是，對於軍人的到來，三……白璟可不像研究站的人們這麼期待，甚至，他心底對那些人懷有一絲惡意。

為什麼他們沒有葬身在海洋？

無數次，白璟無法控制自己這麼想。

親眼看著慕白被數百枚炮彈包圍，消失在眼前，對於這些罪魁禍首，他實在無法抱有好感。

明明已經恢復成人類的外貌，但他總覺得自己把心留在了海洋。

一直觀察著他的李雲行突然伸出手。

「不要老是皺眉，難看。」

白璟愣住了，他看著李雲行伸到自己耳邊的手。

對方也是一愣，尷尬地收回：「不好意思。」

李雲行道：「我剛才……我也不知道我是怎麼回事，冒犯了。」

他懷疑地看著自己的手，怎麼會突然對不熟悉的同性動手動腳呢？難道是太久沒見到女性，太饑渴？可白璟長得再好看，也是個男的啊。

白璟同樣一臉驚魂未定，他才反應過來，自己差點被一個剛認識不到一天的男人摸了臉。這傢伙又不是慕白，怎麼可以隨便摸他的臉？

「咳，我出去看看他們到了沒。」

為了掩飾尷尬，李雲行起身出門，留下白璟一個人待在屋內。

白三胖……白璟依舊出神地坐在原地，想起慕白，心裡又是澀澀的。他抬起手，審視自己現在的軀體，回想過去那半個月的時光，在深海裡暢游，與海豚嬉戲，被虎鯨挑釁，在海底墓場探索。

這些之前二十年他從未經歷過的事，帶給他前所未有的快樂與驚奇。但是如今再回想起，快樂卻那麼不真實，彷彿夢境，一觸即碎。

白璟盯著與尋常人毫無分別的雙手。自己真的曾經作為一隻藍鯨，在深海裡生活過嗎？

半人鯊慕白也是真真正正地存在世上，而不是自己的幻想？

他又想起被魚雷包圍的慕白……

白璟猛地站起身，推開房門跑了出去。

正在忙碌的李雲行只看到一個背影，慌忙道：「你去哪？」

白璟沒有理他。

「等等！」醫生連忙追了上去。

然而，對方的速度比他快了太多，在一片茫茫的南極冰原上，白璟卻奇蹟般地如履平地，健步如飛，轉眼就將李雲行甩在身後。

「等——呼，那傢伙難道是企鵝嗎？跑得這麼快……」李雲行累得氣喘吁吁。

「雲行？」

就在他心慌時，身後傳來一道驚呼。

「你怎麼會在這裡？」

李雲行回頭，看到的正是中午外出的衛深一行人。

「老大。」李雲行連忙道，「快帶人去追那小子。他剛才二話不說就跑出去了，他身體還沒好呢！」

「追哪個小子？」

衛深走到他面前扶起他，一臉疑惑道：「你說什麼，隊裡的人不都在這？我還沒問你不好好在科考站待著，怎麼就跑出來了？不是留你看家的嘛。」

李雲行不敢置信地張大嘴：「老大，你……」

「Was ist passiert?」

衛深背後冒出一個高個男人，如一團烏雲驟降，突然擋住李雲行眼前的所有陽光。醫生只聽見了一句沒頭腦的外語，接著對方頓了頓，又轉成英語。

「發生什麼事了？」

這個用冷冰冰的口氣問話的男人，有著一雙如冬湖般的深邃眼眸。而此刻，他的眼睛緊緊盯著李雲行，其中帶著幾分打量與探究。

陌生男人的氣勢太強，李雲行一時被壓得說不出話來。

「對了，小李，還沒跟你介紹。」

站在兩人中間的衛深道：「這位是特里斯坦博士，是這一次對方派遣登陸與我們做技術交流的人員。博士，這是我們的駐站醫生李雲行，負責我們研究站隊員的健康問題。」

「醫生？」特里斯坦博士緩慢重複一遍，「我看醫生似乎遇到了問題。他在危險的冰原上急速奔跑，是有什麼急事？」

這個英俊的鉑金髮男人，似乎有著看穿一切人心事的本事。不知道為什麼，李雲行不願意讓對方知道白環的事。

他搖了搖頭：「我只是看到一隻皇帝企鵝，想拍張照片，才跑了出來。」

「想不到醫生還是個動物愛好者。」特里斯坦博士若有所思道，「對於南極生物我恰好也頗有研究，有空不妨交流一番。」

他伸出手主動表示友好。

李雲行握了上去，感受著對方略微低於常人的體溫，不動聲色道：「會有機會的。」

他又轉頭看了衛深一眼，深吸一口氣：「那麼老大，我們現在就帶客人回站？需要我提前一步回去做些準備嗎？」

「當然是一起回去，反正研究站裡也沒人了。」

「好的。」

李雲行忍住回頭再看的衝動，跟著衛深一行人一起離開。而在他身後，走在最後的男人卻停留了幾秒。

海風從南極海岸吹來，帶來熟悉的鹹腥味，風輕佻地拂起他淺金的髮絲，纖長的睫毛在南極陽光下閃動。他微微閉起眼，似乎在感受空氣中的氣息，直到身邊的同伴再三催促，才緩緩收回深邃的視線，轉身離開。

而在距離他們不到百米的地方，白璟正躲在下風口，屏息凝神。

那個男人！他永遠不會忘記那個人，在對方剛一開口時他就聽出來了。

那個金髮綠眸的傢伙，正是曾經在自己腦海裡說話的人，也是慕白所說的，將他們消息洩漏出去的罪魁禍首！

白璟緊咬著牙，盯著對方離開的方向，指甲深深陷進雪地。
天空開始飄起雪花，一點一點，逐漸覆蓋在這片冰封大陸上。
許久，白璟再次起身，頭也不回地步入漫天風雪。
這一次，他將屬於人類的塵埃紛擾，全部拋擲於腦後。

第二十三章　打嗝

白璟之前從未來過南極。

在變成藍鯨之前，他甚至也未接觸過大海。生長在內陸的他，實在很少有機會去各地走一走，因此白璟從沒有想過，有朝一日自己會遠離家鄉，走到地球的另一端。

冬季的南極，雪如瓢潑大雨般飄落，伸出手甚至無法看清自己的手掌。在這幾乎要淹沒人的漫天飛雪中，他頂著北風，一步一步地往海邊前進。冰雪夾著冰塊打在臉上，白璟卻不覺得痛，甚至他連一絲寒冷都感覺不到。

我已經不是人類了。

這是白璟第一次清晰地認識到這一點。

在成為藍鯨的那段日子裡，他無時無刻不在想著要恢復以前的模樣，回到以前的生活。然而，等真正變回來後他才意識到，有些事一旦發生就註定不能回頭。

現在，哪怕頂著一副人類的外貌，他的心也永遠留在了那片深藍，那片有人陪伴的海洋……

白璟下意識地摸了摸下腹，那裡有慕白最珍惜的藍寶石。

重要的事物都放在一起，我才安心。

想到慕白直到最後還不忘把藍寶石扔到自己嘴裡，白璟就有些哭笑不得。大白鯊總是一意孤行，就算你不情願，他也總會想辦法讓你願意。

就像現在，為了保護慕白的祕密，保護這顆藍寶石，白璟就不會輕易讓自己落到敵人手裡。

剛剛在研究站外偶遇軍艦的人時，他的心跳都快停止，聽見李雲行向衛深尋求支援找自己，白璟第一個念頭就是千萬別讓那些人發現。

那個有著碧綠眼眸的男人，讓白璟有不好的預感，他絕對會發現自己身上的異樣！

奇蹟般地，就在他這麼想時，衛深竟然真的沒有派人來搜尋，甚至把白璟這個人都忘了！

那一刻，白璟本人和李雲行一樣震驚，但是他隨即想到了一個可能性——慕白曾說過，自己的能力在於操縱其他生物的意識並與之交流。可見，李雲行以外的研究站隊員之所以突然全體失憶，就是因為這個能力。

他的能力再一次進化了。

寒風吹在臉上，即便不感到寒冷，也刺得眼睛生疼。白璟使勁地眨了眨眼。不急，我不急。他對自己說，即便現在沒有慕白那麼厲害，早晚有一天我也能變強。到時候，就可以不用老是躲在大白身後，我也是能保護伙伴的藍鯨！

他抹了把臉，把黏在睫毛上的雪花全部抖落，繼續深一腳淺一腳地往南極海岸走去。

雪花漫天而落，將這個小小的身影遮掩在無盡的蒼白世界中。

「特里斯坦博士，請用茶。」

男人收回遠眺的視線：「叫我路德維希就好，衛先生。」

衛深呵呵一笑：「那麼，路德維希先生，在我們的技術人員修理那些破爛機器的時候，可否容許我問你一個問題？」

「請問。」

衛深緩緩開口道：「這次突如其來的電磁風暴，不知道貴方可有頭緒？」他黑色的眸子直望著對方，似乎要將一切隱藏在面孔下的心思都看透。

「當然沒有。」路德維希放下茶杯，「我們也是這場意外的受害者，很可惜，沒有更多的情報。」

意外？

衛深才不信他那一套。沒有特別目的，這幫老美會冒著風險把軍艦開到南極？還是整整一支艦隊！

「我只是一個研究人員，軍方的任務我也知之甚少。」路德維希又道，「衛先生大可不必在我身上白費心思。」

「哪裡哪裡。」衛深笑呵呵道，「我只是關心一下貴艦的安危。說起來，你們從海上來，那裡在這次的電磁風暴中可有發生什麼異變？」

「異變？」

路德維希提起唇角，「何止是異變。」他看向北方，目光中深藏著太多思緒，「從這裡向北，一切都已經天翻地覆了。衛先生，只有親眼見證，你才會知道那是多麼……」

多麼恐怖的力量。

——會讓所有看見的人，都心生絕望。

「不，不……不可能！」

整整走了一天才走到海岸，白璟張大嘴，雙腿不受控制地跪倒在地。他心懷期待，迫不及待地想要回去，卻沒有想到自己看見的竟然是這樣的場面。

眼前是無數巨大無比的冰塊，宛若一個個寒冰巨人，林立在凍結的海面。

海底墓穴的正上方海域，如今，不再有奔流的海水，不再有遊蕩的魚群與蝦，甚至連一隻飛鳥都再也不見。

無數堅冰彷若一把把利劍，插在曾經蔚藍的冰面上。凍結成冰的海水失去了它曾經的活力，變得毫無動靜。

放眼望去，除了滿目蒼白的冰石，再也沒有任何生命跡象。死寂而令人窒息的空氣，飄蕩在整片海域，將曾屬於這裡的氣息全部抹去。

這還是他曾與海豚一起深游的大海嗎？

這還是他和慕白一起守護的家園嗎？

沒有了，什麼都沒有。除了這些冰冷而無用的寒石，再也沒有任何痕跡留下。

「為什麼會這樣……」

白璟失去全身力氣，趴倒在地。滾燙的淚水從他眼睛裡汩汩流出，甚至燙融了冰凍的海面。

他再次變得一無所有。

甚至，這次連可供他回憶的舊地也被磨滅得一乾二淨。

「嗚……我，不要變回人類了。」白璟哭得淅瀝嘩啦，上氣不接下氣，「我不要再回家了，我只要你們陪著我……不要再一個人……嗚嗚，老媽，大白……」

他傷心欲絕，就連鼻涕泡不斷冒出來也顧不得擦。一時之間，只覺得全世界都拋棄了他，好不容易擁有了一些溫暖，又再次變得一無所有。

「為什麼我那麼沒用！嗝，連一隻蝦都捕不到，嗝，難怪大白嫌棄我……都是我的錯……」

白璟撕心裂肺地哭著，一直壓抑在心中的難過和悲傷，直到這時才敢釋放出來。

在這個沒有外人的地方，在這個不用顧忌別人的地方，他終於可以不再是人類白璟，而做回那個呆呆的什麼都不用想的三胖。

然而殘酷的現實告訴他，即便他想回去，那個讓他放心依賴的大白鯊也不在了。

不再能做回傻兮兮的鯨三胖，只能繼續做小心翼翼地守護著祕密的人類白璟。

對於三胖和白璟來說，這都是他想要卻要不得的希冀。

孤寂感如影隨形地包圍他，自從母親去世後再次獲得的片刻的歡笑，也變得冷冰冰。

鼻涕和淚水齊流，白璟咽了又流，流了又咽。直到他哭累了，蜷縮成一團在冰面上睡著了，眼淚還從那布滿悲傷的眼角不斷落下。

「慕白，慕白。」

「如果你能回來，這次我一定不惹你生氣了。」

「慕白……」

他睏倦地想著，縮在自己的手臂裡睡著了。

原本就空寂的冰面，再也沒有一絲聲音。

不知過了多久——

「噗茲！」

一抹小小的黑影穿過寒石和冰面，一步一晃地走到了白璟身前。

牠盯著白璟看了好一會，似乎是在端詳著什麼奇怪的事物，甚至湊過去嗅了了嗅白璟身上的氣味。過了好久，大概是終於確定了白璟的身分，牠高高抬起右腳，一腳掌踩在白璟臉上。

「好痛！」

哭得睡著了的白璟驚醒，可憐兮兮地揉著自己的腦袋。他警覺地尋找襲擊者，然而找了半天，只看到眼前一隻不到一公尺高的——企鵝？

「噗茲。」

企鵝又一腳踩在白璟手上，翅膀毫不留情地一巴掌甩了過去。

白璟被打傻了，他和這隻企鵝結了什麼仇嗎？

見他還在發呆，企鵝更不耐煩，一個蹬地，跳起來用腦袋狠狠頂了白璟的下巴。

白璟被牠用力頂翻在地，火氣也上來了。

「你這隻傻企鵝！」他惱火地去抓對方的短短翅膀，「我招你惹你了？不知道別人正在傷心嗎！」

企鵝俐落地躲過他的回擊，一個轉身飛踢，踢在白璟左臉上。那一瞬，被痛毆的白璟，從對方小小的黑眼珠裡看到了赤裸裸的鄙視。

「白痴。」

這熟悉的鄙夷眼神、這俐落不帶滯澀的動作、這久違的意念交流……白璟呆呆地看著企鵝。

「難道是……慕白？」

企鵝站住不動了，小眼睛斜睨他。

「不會吧！」

白璟看著還不到他膝蓋的企鵝，半晌，才緩過神來傻傻道：「你怎麼，怎麼變得和虎鯨同樣顏色了？哈哈哈，好蠢。」

回應他的，是企鵝毫不留情的飛踢。

一同被踢飛的，還有臉上那未乾的淚水。

第二十四章 重逢

三胖與白璟，是裡與表的關係。

白璟與慕白，是下與上的關係。

而慕白和企鵝……

實在讓人無法想像，這兩者究竟有何聯繫。

看著這隻站在自己面前的企鵝，白璟簡直目眩神搖，比自己剛變成藍鯨時還要驚訝。

「鯊魚和企鵝完全是兩個物種吧，你究竟是怎麼變成這副模樣的，大白？」

他蹲下身把企鵝抱在自己懷裡，雙手捧著打量，有些疑惑不解。

回應他的，是企鵝毫不留情咬在手臂上的一口。

「好痛，你變成企鵝後怎麼更暴力了！」他憤怒地將企鵝舉高過自己頭頂，「我看你怕不怕高，怕不怕高！再隨便咬我，我就把你扔到冰川上去！」

對於這種威脅，威風凜凜的大白鯊顯然不屑一顧。

「白痴。」

別說，企鵝的黑眼睛還真有幾分大白鯊曾經睥睨天下的味道。

白璟氣餒：「你真是大白嗎？不會是我幻想的吧？」

「白痴。」

「……你能不能換個詞？」

「白痴。」

好吧，白璟發現，變成企鵝的慕白，語言功能有嚴重退化的趨勢，翻來覆去只會說「白痴」兩個字。

為了不讓自己脆弱的精神再次受傷，他索性放棄和企鵝慕白交流，直接將牠夾在腋下，在冰面上大步跑了起來。

一邊走，還不忘一邊炫耀。

「我跟你說，大白，我現在很厲害喔。我的能力又進化了，之前還成功讓一群猴子失憶。唔，不是害了我們的那群壞猴子，是救了我的好猴子。算了，跟你解釋不清楚……

「對了，看見沒？我也化形啦。現在不穿衣服我都不冷，還可以赤腳在冰面上走！你瞧這兩條猴子腿，比你化得還好。」

白璟有些心虛，他還不敢把自己曾是人類的事情告訴慕白。

「當然了，我本來不是長這樣，是化形後才變成這樣的，你不要懷疑我啊。」

說著他還不放心，趕緊把企鵝提到眼前看了幾眼。

企鵝無奈地看著他。

白璟噗嗤一聲又笑了：「說真的，你現在這樣子真滑稽。短手短腿，看來以後要我替你捕獵了吧？」

對付這種得意忘形的傢伙，企鵝只回以簡單的兩個字。

「**白痴**。」

「真好。」

白璟卻不在意被罵，臉頰在企鵝腹部柔軟的毛上蹭了蹭。

「我還以為你不在了，大白。」

企鵝黑溜溜的眼珠看著他，須臾，在白璟腦袋上，輕輕地拍了拍。

白璟暖暖地笑了。好像曾在冰面上哭得撕心裂肺的那個傢伙，不是他似的。

可是沒過半晌，他又發起愁來，像個操心的老媽一樣碎碎念。

「你變成現在這副模樣，我該怎麼辦呢？現在研究站也被那幫老外占據了，不能回去。不然，我再把藍寶石吐給你？唔唔……」

他還沒說完，企鵝一巴掌呼上他的臉，把他的嘴狠狠堵住。

不待白璟反應過來，又一腳蹦出來踩上他的腦袋，把他壓倒在雪地裡。

「你這傢伙，幹嘛打我？」白璟有些莫名其妙。

「**白痴！**」

這一次，企鵝慕白的一聲警告傳來，帶著不同於前幾次的戒備，立刻讓他安靜下來。

「有人來了？」白璟問。

企鵝慕白不回答，只是把屁股坐在白璟腦袋上，確保自己擋住了白璟身體的最後一部分，不讓外人看見。

直到這時，牠才裝作是一隻真正的企鵝，在原地傻傻站著發呆。

這麼一連串動作下來，白璟哪還能不知道有情況。他緊捂住自己的嘴，將自己又往雪裡埋了埋。

當他做完這些沒幾秒，就聽見不遠處傳來腳步聲。

——是人類的腳步！

「在這裡？」

「沒錯。」

「仔細找找。」

對話的是兩個黑衣人。他們似乎剛從水下出來，身上的潛水服還濕漉漉的，而更令白璟驚訝的是這兩人的外貌。

他們長得不能說奇怪，也不是難看，甚至可以說十分出色，但是四肢與常人相比顯得格外修長，甚至從潛水服下露出來的部分皮膚，也透漏出一股不正常的蒼白。

白環記得，自己曾經見過這副樣貌的人。

他戳了戳頭上的企鵝。

沒錯，就是慕白！

這兩個人和慕白半人形時的樣貌有很多相似之處。

當然，他們遠沒有大白鯊奪人心魄的美貌，就連皮膚上的星痕也沒慕白那麼好看。

……不對！

「你究竟在哪裡生了兩個私生子？」

白環忿忿地戳著企鵝的肚皮，「我們都什麼關係了，你連你有兩個兒子的事都不告訴我，是不是太見外了？那給你生兒子的老婆呢，帶來讓我見見？」

啪！企鵝一巴掌打暈這個胡言亂語的傢伙，不理他，繼續監視那兩個奇怪的人。

只見兩個黑衣人先是在附近冰面搜尋了一會，沒有收穫後，又試著打破冰面。他們試了很多辦法，用工具鑿，用火燒，甚至還拿了一個小型炸彈轟炸，但是這塊神奇出現的冰面依然紋絲不動。

「奇怪。」見狀，白璟說，「我剛才哭的時候，就化了一些……咳咳！」他想到自己不體面的哭法，立刻掩飾道，「我之前怎麼沒發現冰面這麼堅固？」

企鵝低下頭深深看了他一眼，沒有說話，卻把白璟瞧得不好意思了。

就在這工夫，兩個黑衣人放棄繼續鑿冰，收拾完器具，再次消失在冰面上。

白璟盯著他們離開的背影，若有所思。

「為什麼看到那兩人我心裡竟然覺得熟悉？難道其實他們不是你兒子，而是我兒子？」

企鵝當然沒有理他，只是催促著趕快離開這裡。

這次不用慕白說白璟也知道，軍方的人盯上這裡了。他們一時打不穿冰面，肯定不會就這麼放棄。

白璟快步離開，又突然轉身：「我會回來的。」

他望著冰封的海面道：「慕白，你相信我。等我能力再強一點，我一定會幫你把你守護的海墓奪回，把那些人全部趕走。」

「……白痴。」

白璟笑了笑，心滿意足地抱著企鵝。

他赤腳在冰天雪地裡走著，心裡卻暖和得很。

接下來幾天，白璟沒有帶著企鵝走太遠，他繼續在長城站附近徘徊，不僅為了探聽情報，同時也是為了監視那一邊的動作。

連續幾日觀察下來，他發現美軍這幫人並非認真和研究站的人合作。他們一方面看似幫助研究站修復通訊工具，一方面又暗中前往被冰封的海墓，背後肯定有自己的打算。

不過，這些都不是白璟要操心的事。他現在煩惱的是如何離開南極。

就在前天，和外界的聯繫剛剛恢復的時候，白璟偷聽到了研究站成員的談話。幾日後，正好是預定的輪換時間，會有船隻抵達，接走幾名身體不適的隊員，這也是他離開南極大陸的唯一機會！

這個目前被美軍軍方把守的南極大陸，白璟一秒也不想多待。為此，他特地瞄準那些美國人離開研究站的日子，打算伺機闖進去，打探船隻的具體情況。

正巧，這天負責留守研究站的人又是醫生李雲行。當這個倒楣傢伙看到突然出現在眼前的白璟，簡直是眼珠都快掉下來了。

「你，你，你……」

「我，我，我……」白璟朝他笑，「醫生，幾天不見，你怎麼口吃了？」

明明衣衫不整地消失在風雪之中，幾天不見，這人卻變得更加容光煥發。不但如此，整個研究站都像集體失憶一樣，忘了這人的存在。現在，這個奇怪的傢伙又出現在自己面前，沒有比這更詭異的事了！

李雲行臉色一變，立刻就要聯繫外出的隊員。

剎那間，只見白環懷中飛出一個黑影，把李雲行撞了個狗吃屎，臉朝下重重地摔在地上。

「大白，你太粗魯了！」白環著急道，「這傢伙不是壞人，也許我們可以和他好好談一談。」

「猴子沒有一個值得相信。」

「你這是偏見！」白環不滿意，可隨即，他發現有什麼不對。

「你……你會說話了？」

站在地上的企鵝看了他幾眼，搖搖晃晃地出門走了。

「慕白，你去哪！」

白環連忙追上去。

「你去哪？」

背後突然有人抓住他的手臂，狠狠往後拉。

白環措手不及，倒在那人懷裡。

他轉過身，看到一張說不上陌生還是熟悉的面容。

李雲行站在他身後，眼鏡掉在地上卻沒有去撿。他一隻手用力抓著白璟，力道大到像要把白璟的骨頭捏碎，而那雙原本普通的眼睛，此刻充斥著駭人的黑色。

這是白璟多麼熟悉的顏色。

他張口試探道：「慕白？」

聞言，那雙沉寂的黑眸像是墜入了一顆星辰，瞬間明亮起來。

第二十五章　愛慕

眼前的人，有著屬於人類的面容、平凡的臉龐、尋常的髮色，然而那雙眼睛，讓白璟一眼就認出他的身分。

漆黑如淵的眸，點綴著細碎的星辰。偶爾，這些星辰被緩緩點亮，便是這世上再也比不過的美麗。

看著這擁有李雲行身體的「人」，白璟一時反應不過來，「慕白，是你嗎？你為什麼會在人類的身體裡？」

「是我。」

對於新占有的人類軀殼，慕白似乎還不太習慣。他笨手笨腳地將白璟抓到自己身邊，還不小心讓對方撞到了鼻子。

「我暫時，代替這個人的意識。我的身軀，不在這。」

他「說話」似乎格外吃力，連意念交流都十分遲緩。

白璟連忙說：「你是不是還不能耗費太多精力？你別說話，我來問，你點頭和搖頭就行了。」

慕白點了點頭。

「你說你的軀體不在這裡，那它現在在哪？被那些人類搶走了嗎？」

慕白搖搖頭，露出一個諷刺的笑容。

「在誰，都無法到達之地。」

白璟若有所悟：「是那片冰封的海域？」

難怪那些軍人會迫不及待地想鑿開冰川。

慕白沒有回答，只是微微瞇了瞇眼，眼中的星芒隨著他的情緒起伏跳躍。

白璟又問：「你占據了這個人的身體，那他本人的意識呢？被你消滅了嗎？」

慕白搖了搖頭。

「只是暫時。」

他習慣性地蹙眉，似乎對此很不滿意。

看著慕白用他人的身體做出一連串熟悉的動作。三胖好奇地伸手，想要摸摸他的臉龐。

「這是你的能力嗎？」他問，「取代其他生物的意識？」

在白璟的指尖觸到自己之前，慕白攔住了他，不滿道：「不要，碰他。髒。」

白璟當然知道他在嫌棄誰，為此哭笑不得。

又聽慕白繼續說：「是你的。」

「我的什麼？天啊，你不要告訴我，你的意識能占據這具身體，是因為我的能力？」

「你的能力，比，想像中更強。」

慕白吃力地說：「你是純粹的……」

然而，他們的交談還沒待繼續深入，不速之客便打斷了這番對話。

「小李，關於明天出航的事情……」

衛深推開門，看到「李雲行」和一個陌生年輕人站在一起，不由得一愣：「這是……」

糟糕！被發現了。

白璟盯著衛深，屏住呼吸，手心緊張得出汗。

該怎麼對忘了自己的研究站領隊解釋自己的身分？如果他還能記起來……

「哎，我們的大病患，你能起床了？」

衛深突然笑了，走上前拍了拍白璟的肩膀：「既然這樣就沒問題了。明天帶你上船的時候，就不用勞煩其他人把你搬上去，哈哈！」

白璟無語了片刻，說：「是啊，衛叔叔。我身體已經好了。」

他無比感謝自己的能力這麼好用，簡直解了燃眉之急。

「小李在幫你復診嗎？」沒等他解釋，衛深自動腦補了兩人單獨待在一塊的原因，「那我就不打擾你們。今晚好好休息，明天不要睡過頭了啊。」

門板再次關上。

直到這時，白璟終於鬆了口氣。擁有了這樣的能力，其他人的記憶開關等於掌握在自己手中，他想如何操縱都可以，自然少了無數麻煩。

「大白，你剛才都沒察覺到有人來嗎？差點嚇死我。」

他拍著胸口轉身，想要埋怨一向警覺的慕白幾句。

然而，回頭看到的，卻是一張驚慌失措的臉。還有那布滿驚疑、屬於正常人類的眼睛。

「……李雲行？」

「白璟！」李雲行咬牙道，「你究竟做了什麼？」

見到此情此景，白璟真是一口血嘔在心頭。

他不就回頭解決了個麻煩，慕白怎麼不見了？難道是意識又飛回企鵝身體裡了？不知道現在去把那隻企鵝找回來還來得及嗎？

不過首先，他得跟李雲行解釋這件事。

白璟央求道：「你聽我說。」

「不！」李雲行戒備地看著他，「別想用你的花言巧語欺瞞我。我知道，你一定藏著什麼祕密，但我絕對不會聽你解釋！」

「我只是……」

「我不聽！」

我不聽我不聽我不聽，你以為你是言情小說女主角嗎？

被突如其來的意外接二連三地打擊，白璟火氣直冒。他真想直接把李雲行打暈了！為什麼他控制記憶的能力，對這個倒楣醫生沒有作用呢！

「你要做什麼？」李雲行防備地看著他。

白璟想，要是這時候慕白在就好了。簡單粗暴的大白鯊，肯定能找到解決問題的最快方法。

就在他這個念頭出現還沒一秒，門口忽然飛進一道黑色身影。

小黑影飛快地跳起來，無比精準地踢在李雲行腹部，然後又是一個連擊，直接把人打暈在地。

歷史竟然是如此地巧合！

看著沒出一聲暈倒在地的李雲行，白璟蹲下身，抱起始作俑者——一隻企鵝。

「你怎麼又回到這個身體裡了？對了，我差點忘記你變成企鵝時不會說話。」

企鵝白了他一眼。

下一秒，「李雲行」扶著桌子再次站起來，眼眸漆黑。

白璟：「……」

我真是受夠了，你以為是在倒帶嗎？連這個發展都一模一樣！

「你的能力還不穩定。」

重新占據了李雲行身軀的慕白解釋，這一次他的意念流暢了很多。

「只有感受到你極強烈的思念時，我才能占據離你最近的生命體。」

白璟臉色一紅。

什麼極強烈的思念，說得我好像遇到麻煩只會依賴你一樣。

慕白想的卻和他完全不一樣。

「多想我。」

他說：「這樣我才能在你身邊待久點。」

媽呀，這究竟是什麼羞恥臺詞？大白，你是偷看了我腦內的哪部肉麻愛情劇嗎？

白環簡直羞愧得無地自容，連忙打岔道：「先不提這些。大白，你聽見剛才那個人說的沒？我們明天就要坐船，離開南極。」

「我知道。」

白環說：「你真的明白？這次不是去別的海域，也不是去近海捕獵，而是跨越幾千公里，去另一塊大陸。」

陸地，對於一直生活在海洋裡的慕白來說，完全是陌生的世界。想到自己變成藍鯨，初來乍到時的恐懼與不安，白環很擔心慕白會不習慣，甚至抗拒。

「我跟著你。」

誰知，慕白對此一點意見都沒有。

「在你身邊，保護你。」大白鯊特有的漆黑眼眸，此時直直望著白環。

白璟不好意思地低下頭，撓了撓一頭細軟的黑髮：「咳，那在此之前，我們也要做些準備工作。首先，就是教會你說人類的語言。」

「猴子的語言？」

慕白似乎有些不開心。

「沒辦法，我們以後可能要在陸地待上不短的時間，你還會繼續借用人類的身軀，我們總不能一直靠意念交流，學會說人話是必須的。」

慕白皺了皺眉，許久才道：「好。」

他看向站在自己面前的白璟。

「先教我說你的名字。你答應過的。」

回憶起這件事，籠罩在白璟心頭的陰霾瞬間被清掃一空，他感覺，像是又回到了在海底無憂無慮的那段日子。

「好啊，我教你。跟著我念，注意口形。白——璟——白璟，我的名字。」

慕白深吸一口氣，試著發音。

「巴金？」

「不不，是白璟。」

「白雞？」

「白璟！」

「拜金。」

「……」

就在白璟快被慕白千奇百怪的發音氣得元神出竅時，慕白終於發對了音。

「白璟。」

聽到他口齒清楚地呼喚自己的名字，白璟心跳霎時漏了一拍。

明明李雲行也曾喊過這個名字，然而當慕白用同樣的聲音喊出來，卻讓他覺得完全不一樣。

我這是怎麼了，難道是跌落深海的後遺症嗎？白璟捂著自己胸口。

然而，大白鯊像是全然沒注意到他的異樣，十分好學。

「我的名字，怎麼讀？」

學會了「慕白」的發音後，大白鯊又問：「白璟，慕白，這兩個白，是同樣的意思嗎？」

「是同個字沒錯。」白璟對他解釋，「是我的名字的一部分，也用來形容色彩，像是雲朵的顏色。」

聽到這個回答，慕白勾起嘴角，眼裡掠過一絲得意。

「你用自己的名字，為我命名。」

他很高興，像是占了多大的便宜。

白璟看不慣他那副得意的樣子，說：「我只是懶得想別的名字。」

大白鯊不在乎他潑的冷水，問：「那慕是什麼意思？」

「慕就是……」白璟突然愣住了。

他看著眼前恨不得搖起尾巴的大白鯊，突然有一種不祥的預感。當時用諧音「慕」字為大白鯊取名的他，是不是做了件自掘墳墓的傻事？

慕，仰慕，敬慕。
愛慕之意。

第二十六章　出發

直到最後，白璟也沒有告訴大白鯊，「慕」這個字的真正含意。

頂著慕白疑惑的視線，白璟道：「不是每個字都有含意的。這只是一個姓而已！姓，你懂嗎？」他隨口瞎扯，「猴子的語言很複雜，有時候一個字有很多種內涵，而有時候一個字就只是一個字，沒有別的意思。」

慕白有些懷疑：「為什麼你對他們的語言這麼瞭解，你很熟悉猴子？」

不好，差點說溜嘴。

白璟連忙掩飾道：「我只是比較瞭解各個種族的語言，你也知道我能力和這方面有關，學習起來也快。俗話說得好，多學一門外語，多一條出路嘛。」

接著，他故意裝作鄙視的模樣：「大白，不是我說你啊，要是個個都像你一年到頭宅在南極，我們還怎麼發展，能力還怎麼進步？有道是知識是鯊進步的階梯，你當初要是像我一樣學富五車，知道避鋒芒，也不至於被人類傷成那樣。」

他本來只是準備糊弄一下慕白，誰知道說著說著就忍不住吹噓起來。

等他回過神才意識到不好，慕白的本體現在還困在冰封裡面呢，這樣說大白鯊會不會生氣？

白璟小心翼翼地抬起頭一看，頓時嚇傻了。

只見原本星星閃爍的黑眸，像是滅了燈似地黯淡無光，慕白整隻鯊都頹靡了。

「我、我只是說說而已，你別當真！」白璟著急道，「不會猴語也沒什麼，我教你就是了。」

慕白顯然心情低落，都不想抬頭看他。

「你嫌棄我。」

「我哪裡嫌棄你？」

「你嫌棄我沒有『知識』。」

慕白繼續說：「難道那個『知識』比我還重要？」

披著人皮的大白鯊說到這裡，似乎是想到什麼懊惱的事情，下意識地就想磨牙。可是人類的一口小牙齒哪夠他磨，磨不到自己熟悉的大尖牙，慕白更顯鬱悶。

他抬頭看向白璟，目光中是滿滿的氣憤，還有一點小小的心慌。

大白鯊想，這隻藍鯨懂得那麼多，我是不是很無能？但我連最珍貴的「心臟」都給他了，我還能再給他什麼呢？

白環哭笑不得：「知識是一種經驗和技巧的積累，它的確很重要，但是我不會因此嫌棄你。大白，一開始我不會捕獵的時候，你也沒有嫌棄我，不是嗎？放心，哪怕你一個字都不認識，一句話都不會說，我也會慢慢教你的。」

這些話，白環說得情真意切。

在所有的親人都過世後，慕白是他唯一的親密伙伴。他拋棄自己，都不會拋棄大白鯊。

黑色的眼睛一閃一閃地亮了起來。

慕白哼了兩聲。

「的確，我沒有嫌棄你這副醜猴子的模樣，你就更沒有理由嫌棄我。」

白環：「……」

大白，這絕對是你的審美問題，不是我的原因。不，這是兩個種族之間深不見底的代溝！

不過好說歹說，終於把心情低落的慕白哄開心了，白璟就開始教導他一些簡單的中文，以免明天露餡。

慕白的語言天賦再次發揮了作用，沒多久，他就能準確地發出「不」、「你好」「謝謝」、「不用客氣」和「去死吧」之類的詞，還有一些長短句。

在他能成功地發音後，白璟意外發現，比起語言的障礙，慕白運用起人類身軀竟然毫不彆扭。除了初次的不習慣，他很快就調整過來，好像他本來就是個真正的人類。

對此，慕白的解釋是：「猴子的身體構造，與我化形時有些相似。上半身的動作，比如伸手抬手，都沒有問題。」

白璟了然地點頭：「伸手抬手都沒問──題……大白！」他驟然提高音調，質問，「你究竟是什麼時候鑽進這個人的身體裡的，你給我老實交代！」

慕白扭過頭不看他。

見他心虛，白璟上前抓住他的衣領：「好哇，我就說上次李雲行為什麼突然伸手摸我的臉，原來是你！當時你就在他體內，你的意識控制了他是不是？坦白從寬，抗拒從嚴！」

慕白十分瀟灑：「不，說。」

「你說不說！」

慕白堅守陣地，十分清楚「坦白從寬牢底坐穿，抗拒從嚴回家過年」的真諦，誓死不從。

最後，白璟無奈道：「好吧，我不追問，反正你現在也在我身邊了。只是大白，如果真的是你，你當時為什麼要用他的身體摸我？難道是……」

慕白屏住呼吸，用眼角餘光偷偷看他。

「難道是你想試試我變成人類後的觸感？」腦補了一個理由，白璟得意洋洋道，「的確，我現在膚質比以前好太多了，我自己有時候也忍不住摸兩把，哈哈！」

慕白恨不得一巴掌劈開這隻藍鯨的腦子，看看他到底在想些什麼。

他冷冷道：「我只是摸摸，你臉皮有多厚。」

「慕白！不准用我教你的話罵我！」

「自作自受。」

……簡直是自作孽不可活。

早知如此，白璟打死也不會教慕白各種罵人不帶髒字的俗語，想不到全應在自己身上了。

不管怎樣小打小鬧，白璟總算與慕白正式地久別重逢。

在南極度過了最後一個夜晚，第二天早上，臨出發登船時，白璟提醒他：「不要露餡了。」

「知道。」慕白不耐煩地答，「囉唆。」

白璟氣得牙癢癢，卻又無可奈何。

我上輩子究竟是造了什麼孽，我就不該當這隻鯊魚的猴語老師！

抹了把辛酸淚，一鯨一鯊跟著返程的研究隊員，踏上了回國的船隻。

一路上，有他的能力在，白璟和披著人皮的慕白並未引起任何人的懷疑，然而他還是不敢放心，直到親眼看著船隻開離了港口，這才鬆了口氣。

站在船舷邊，看著一片雪白的大陸離自己越來越遠，白璟心中湧上一股說不出道不明的不捨。好像才回家不久的遊子，又要啟程流浪了。

我會回來的。他心裡暗暗發誓，不論是為了慕白，還是為了自己。

最後看了漸漸消失的南極海岸一眼，白璟走回船艙。

遠離港口的五海里，是美軍艦隊的臨時休息處。比起研究站，近距離遭受到電磁風暴的他們，需要更多的時間檢修機器。

高級將領們早就搭乘飛機回國彙報任務，如今留在這裡的知情人，只有路德維希一個。

每天，他看著留守的藍血支隊被派出去執行任務，卻從不靠近他們半步，而那些藍血戰士，也不會接近路德維希。

即便都是混血，他們的身分卻天差地別。

一邊是備受信賴的科學家，一邊是被圈養的狼犬；一個是智囊，一個是尖刀。

路德維希和藍血的人，彼此都清楚雙方的差異，也知道有多少雙眼睛在盯著他們，因此，他們從未有過任何公事外的交流。

然而，在心底究竟是什麼想法，只有本人才知道。

「有艘船出海了？」

正在翻閱資料的路德維希注意到離港的船隻，隨口問道。

「是研究站的成員輪換回國。」一名軍官回答。

路德維希放下紙筆，雙手交握，時不時用手指點著另一隻手的手背。看起來，似乎在思考某些重要問題。

「派人盯著那些研究隊員回國後的行動。」他突然開口，「搜集他們每一個人的情報。」

「為什麼?」負責輔佐他的軍官不解道，「那些中國人，並不知道我們的祕密。」

「他們的確不知道。」路德維希微微瞇起深綠雙眸，「但是，還有一個『人』知道。而我們，至今都沒有找到他。」

軍官眼前一亮：「你說的是……」

「照我說的做。」

不再多作解釋，路德維希披上外衣，走出船艙。

隔著遙遠的距離，他能看到那艘漸漸消失在海平面的船隻。路德維希遠眺，似乎要把那船生生刻進自己眼珠裡。

他握住欄杆，暗自呢喃，聲音低沉如同從裂縫中鑽出。

「不論你逃到哪……」

話音被北風吹散在空氣中。

他轉身，離開。

第二十七章 驚夢

白璟和慕白乘坐的船隻，越過德瑞克海峽，駛入太平洋，再航行過紐西蘭後，又得經過南美洲、大洋洲、北美洲三塊大陸，才能抵達最終的目的地。

這一路上，足足數月時間，兩「人」經歷了冬夏春季，最後在亞細亞邁入金黃色的秋天時，抵達了海港。

進港的前一天，白璟趴在床上怎麼也睡不著。

他要煩惱很多事，慕白的現狀、自己的隱瞞，還有抵達大陸後兩人究竟該如何生活。

種種問題，成為了壓在他心頭的石鎖，讓他怎麼也喘不過氣來。

其中，白璟更擔憂的是慕白知道他身分後的反應。

一旦回國，白璟的人類身分就再也無法隱瞞，以大白鯊的性格，會不會因為自己的欺騙而覺得受到侮辱，做出激烈的反應？

「不管怎樣，希望他能聽我解釋。」白璟合十祈禱，「他怎麼發火我都接受，千萬別再跑得無影無蹤。」

至於其他事情，白璟不想花太多時間煩惱。船到橋頭自然直，總歸是天無絕人之路。

數月的海上航行，慕白已經越來越適應人類生活。白璟覺得，繼續這樣下去，讓大白鯊隱瞞身分生活在人類社會也不是不可能的事情。

可是，他終究屬於海洋……

白璟嘆了口氣，迷迷糊糊地睡著了。

夢中，他又做回無憂無慮的藍鯨，不用看周圍人的臉色，不用為生存煩惱，每天只要在大海裡張張嘴，就能吃飽穿暖無所不有。

「三胖，三胖，你還想吃多少？不怕變得更肥嗎？」有人對他嘀咕。

肥就肥吧！藍鯨想，要是能繼續過這種快活的日子，哪怕從此一直胖到兩百噸，他都沒意見！

「是嗎，但是海洋不是那麼平安，總有你想像不到的危險。」

正在開心用餐的三胖頭也不抬，讓成群磷蝦順著海流鑽進嘴裡。

「能有，唔，什麼危險？我塊頭那麼大，還有大白罩著，誰能對付我？」他得意道。

「真是如此嗎？」那個聲音變得低沉，「你回頭看看。」

「回頭就回頭。」三胖吞下一大口磷蝦，滿不在乎地回頭望去。一看，就看見一張血盆大嘴。

我的海神啊，這是嘴嗎！這簡直堪比巨大的火山口，比整隻三胖還要大！

三胖嚇得後退，卻發現自己被對方困住了。

這隻恐怖的海底巨獸伸出牠畸形的前肢，將三胖攔在了自己的懷裡。明明目標是身長三十多公尺的藍鯨，牠做起這個動作卻綽綽有餘。

怪獸只有上半身暴露在三胖視線內，下半身沉入深淵般的海底裂隙中，一眼望不到盡頭。

牠黝黑的眼睛在深海裡眨呀眨，一隻泛出星辰般的光彩，一隻如太陽一樣刺目。兩隻碩大的眼盯著三胖，須臾，露出一個詭異的笑容。

我的媽呀！

白環一身大汗驚醒，驚慌地不停喘氣。在意識到只是一場夢後，他不禁慶幸又惱怒。

「這是怎麼回事，都快把自己嚇出精神病了。」他嘀咕，「我最近也沒看恐怖片啊。」

「恐怖片？」

眼前突然探下一顆黑黑的腦袋，翻著白眼看向白環，「你喜歡看那個？」

白環嚇得幾乎從床上跳起，下意識一拳打向那個黑色腦袋，卻被一把攔住。

慕白不滿地看著他：「為什麼攻擊我？」

「那你為什麼無緣無故從天花板上跳下來？你是猩猩嗎！」白環捂著自己狂跳的心臟，低吼道，「你知不知道剛才快把我嚇瘋了？要不是看你現在用的是別人的身體，我早就揍你了！」

一聽這話，慕白立刻鬆開手。

「你說的對。」他道，「反正這也不是我的身體，你揍吧。」

「……」

「怎麼？」他挑起眉毛，「捨不得？」

慕白陰沉著臉：「我就知道，你和這隻猴子有姦情。」

「大白……」白璟扶額嘆息，「你究竟是被誰帶壞了，別有事沒事胡亂說話行嗎？船馬上就要進港了，我還要留神準備其他事呢。」

慕白冷冷望了他一眼，推門走了出去。

白璟長嘆一口氣，他究竟是招誰惹誰了，怎麼這日子越過越回去呢？

以前慕白還是大白鯊時，雖然脾氣暴躁了些，但是白璟摸清他的脾性後總能對症下藥。

後來，慕白的意識飄到企鵝身體裡，雖然行動不太方便，但主動權因此掌握在白璟手裡，這是他覺得最愜意的一段時間。

到現在，慕白占據著李雲行的身體，行事作風卻越發古怪了。比如，他不喜歡白璟觸碰他，一旦碰到就要發火。好，那白璟不去招惹他，這下總行了吧。

可是這隻更年期的大白鯊，反而因此更加惱怒，總是有事沒事找白璟麻煩。當白璟問他究竟是怎麼回事，難道你暈船心情不好？慕白就是一張死魚臉，什麼都不說，一副都是你錯的表情。

惹我生氣是你的錯，猜不出我為什麼生氣也是你的錯。是你是你，就是你，上天入地小藍鯨！

幾個月被他一番折騰下來，白璟整個人都瘦了一圈，從文弱書生徹底變成營養不良的弱不禁風。

最煩惱的是，看見白璟瘦，慕白也生氣。

他就沒有不生氣的時候！

我真是找了個祖宗回來，全是自己自作的孽。

但是，我竟然還一點也不後悔！

啊啊啊啊啊！

白璟抱著被子，在床上滾了一圈。

「小璟，我們快……你在幹什麼？」

門口有人敲門進來，看見打滾中的白璟，頓時一臉錯愕。

白璟立刻坐起身，假裝自己只是在仰望風景：「沒什麼。」他擺出一臉端莊的笑容，「你找我？」

「哦哦，沒，我就是跟你說，我們快要進港了，讓你做個準備。」

「謝謝，我知道了，東西昨天就收拾好了。還有別的事嗎？」

「沒、沒有……」對方有些魂不守舍，「那我先去忙了，晚點見。」

砰一聲關上門，白璟鎮定地坐下，沒過幾秒，突然將被子揮舞起來破口大罵。

「臭鯊魚，倔大白，更年期的大白鯊！都怪你啊啊啊，害我被別人看到這個樣子！」

自從變瘦蛻變成清俊小帥哥後，白璟一直苦心經營自己在外人前的形象，不熟悉他的海員和研究隊員們，暗地都稱讚白璟氣質溫文內斂。他以此為幸，並一直得意洋洋。

可是，數月來經營的偽裝，就在剛剛毀於一旦。

哪個溫文小帥哥會抱著被子在床上打滾？人家會產生不健康的聯想吧！

「慕大白，你是不是專門派來和我作對的！」白璟打著被子出氣。

「要打就打用力一點。」身後傳來一個涼涼的聲音，「不然，這點力氣根本打不痛我。」

白璟背後一僵，呆滯地轉身。

果然，披著人皮的大白鯊，正站在他身後。

「嘿。」白璟放下被子，溫柔地拍了拍，「打什麼打嘛，我只是在拍灰塵，哈哈，哈哈。」

慕白當然不傻，給了白璟一個白眼。

白璟暗暗讚嘆，果然當人當久了，大白鯊的白眼翻得也越來有味道。以前做鯊的時候，沒有眼白只有眼黑，那白眼翻起來實在太有特色。

他心裡還在感慨，就聽見慕白說：「我有件事要和你說……」

慕白一句話還沒說完，外面突然傳來陣陣歡呼聲。

「終於到啦，我們到家了！」

船員們興奮的聲音，即使隔著厚厚的甲板也清晰地傳了過來。

比起他們，闊別家鄉更久的白璟根本壓抑不住激動，一把拉著慕白就跑了出去。

最先出現在眼前的，是一片矇矓的黑線，它就像盤古開天闢地時留下的一縷髮絲，無根無憑地飄蕩在浩瀚天宇中。

漸漸地，建築的頂端出現在人們眼中，它們浮在海面，宛如一座海中之城。

從一個白點，擴大到一整片參差交錯的高樓大廈。可以看到從遠方雲層裡鑽出來緩緩飛進城市的客機，還有停泊在港口的一艘艘船隻。

上蒼穹，中厚土，下淵海，將整座天地都化歸自己所用。這是人類用雙手一點一滴締造出來，僅次於生命誕生的奇蹟。

白璟眼眶濕潤。經歷萬千，他終於再次踏上這片土地。

恍若隔世。

第二十八章 登陸

船劃開海浪，緩緩地駛進港灣。

隨著一聲悠長的笛鳴，在經過多月的航行後，船上的乘客們終於再次回到了故土。

海風迎面吹來，吹得衣衫簌簌作響，白璟用力地深吸一口氣。

「大白。」他對大白鯊道，「我們快要踏上陸地了。」

然而回頭一看，哪裡還看見大白鯊的身影。剛才還站在身後的慕白，這會兒不知又跑哪裡去了。

「這傢伙，老是神出鬼沒的。」

他無可奈何，只能回去找人。

繞了半天，終於在船艙某個角落發現了慕白。大白鯊背對著他，不知道在做什麼。

「馬上就要下船了，你在幹嘛？」白璟湊上去問，慕白卻突然起身，抱起懷裡的東西飛快跑了出去。

白璟又氣又笑：「喂，躲我幹什麼？」他跟著追了出去，好不容易在船頭追上了大白鯊。

「你跑什麼，究竟是藏著什麼東西不讓我看？」白璟喘著氣追上去，卻發現不是慕白跑不動了，而是大白鯊自己停住了腳步。等他走近，才看見慕白皺起雙眉，目光中難得帶著一抹凝重。

這是怎麼回事？

順著他的視線看去，是一艘漁船，卻不是普通的漁船，而是一艘捕鯊船。

風浪中，漁人們收割著獵物，務使在進港之前處理好。

漁人們從誘餌上擒住一隻隻被捕捉的鯊魚，用刀割去牠們全身的鰭，胸鰭、背鰭、尾鰭，一個都不放過。

沒了鰭的鯊魚再也沒有平時海中霸王的氣焰，鮮血直流，無力地在甲板上撲騰。直到把數公尺長的鯊魚砍成只有光禿禿身軀的肉條，才把牠們扔回水中，任由其沉入漆黑的海裡。

有些鯊魚被割去鰭後還活著，卻也只能在冰冷的海水裡流血而亡。

看著這一幕，白璟忍不住咽了下口水，膽戰地摸了摸自己還完好的手臂。

變成藍鯨的日子裡，他知道鰭肢對於海洋生物來說有多重要，見到這幅場景，不免對這種痛苦感同身受，好像被割去四肢的人是他一樣。

「你比我瞭解人類。」

他聽見身旁慕白沙啞的聲音，「那麼你告訴我，人類這樣捕獵是為了生存嗎？」

白璟搖了搖頭。

「那麼，是因為牠們侵犯了人類的領地？」

這就更不可能了，說是人類闖入鯊魚的領地還差不多。

「不是為了果腹，也不是為了捍衛家園，只是為娛樂與消遣，就殺死我一個個同族，滿足他們低劣的欲望。」

慕白望著遠處的漁船，目光中彷彿有火苗在跳躍：「他們是我在這世上，最厭惡的種族。」

白環聽得心裡一跳，下意識就想要反駁。

「你知道嗎？」慕白突然轉身看著他，「我的母親，也是死在人類手裡。」

白環心中一慌，就聽慕白繼續說道：「那時候她剛剛生了我，還不能變身，便出去獵食。我等了好久，都沒等到她回來。一天之後，我終於找到她，但她就像剛剛那些鯊一樣，被人類割去了所有的鰭，扔在海底。而她嘴裡，還含著為我捕的魚……」

「大白……」白環的心一陣抽痛，忍不住上前抱住慕白，將他環在胸口。

「我不會放過那些人的。」將臉埋在白環胸膛，慕白仇恨地說。

白環無言，只是默默摟緊了他。

須臾，慕白再次開口：「答應我，即使是在我看不見你的時候，也千萬不要受傷，不要離開我。」

我當然不會離開你。

白璟剛想這麼說，就感到懷裡被塞進來一個胖乎乎的東西，同時，慕白身體劇烈地顫動了一下，突然不再說話。

「大白？」白璟試探地喊。

沒有人回答。

直到身前傳來低低的呻吟，白璟突然有了不妙的預感。

他鬆開手，連忙後退了幾步。

「頭好痛。」熟悉的聲音再次響起，但是藏在其中的靈魂已經換了一個。

「這是哪裡？」李雲行痛苦地揉著腦袋，覺得自己似乎睡了好長一覺。如今大夢初醒，腦袋都不聽使喚。

「呵呵，你還好吧，來，站開點，別擋了路。」身旁有人扶了他一把。

「哦哦，不好意思。」李雲行下意識讓了幾步，抬頭去看時，只看到一個人影站在舷梯口，朝他揮手。

「回去好好休息吧，醫生。我先走一步啦。」

李雲行認出了那個傢伙：「……白璟！你給我站住，不准跑！」

可說話間，白璟已經腳下生煙地下了船。

「剛睡醒多補補腦子啊，醫生！」他在岸上朝李雲行用力揮手，「一路上辛苦啦，我們就此永別吧！」

「別跑，這究竟是怎麼回事？你……」

李雲行眼睜睜地看著這個狡猾的小子再次消失在自己面前，氣得面色鐵青。

而跑離了李雲行的視線後，白璟沒有第一時間離開。他抱著慕白最後留下的東西，躲在雜物箱後方與之大眼瞪小眼。

一雙烏溜溜的小眼睛，同樣瞪著他。

「大白什麼時候把這玩意帶上船了？」

他無力地扶額嘆息，而他懷裡的小東西則是蹬了蹬腿，發出「啊嗚」一聲低叫，貌似不滿意白璟嫌棄的態度。

白璟看著手裡這隻眼熟的企鵝，真是想死的心都有了。

慕白啊慕白，企鵝可不是一般的寵物，你竟然讓我變成了盜獵者！下次你回來的時候，我非要好好質問你不可！

萬里之遙，南極深海。

厚達千米的冰層生生將南極大陸又外擴了數十公里。在全世界的氣象學家都為之震驚之時，冰層的最深處，微弱的銀光無力地照射著。

寒冰交會之地，一個高大的身影立於冰層深處。他身子彎起，緊緊抱著自己的尾鰭，好看的眼睛緊閉著，如同一隻受傷的獸，默默舔舐著傷口。

原本順滑的銀色長髮斷裂了許多，就連原來堅實的表皮也被撕開許多裂口，傷處深可見骨。然而即便在昏睡中，他也未有一絲放鬆，銀光在殘存的完好皮膚上閃爍，時刻準備攻擊擅入的不速之客。

但是，他終究太累了，還是支撐不住，讓自己的意識沉入了最深的深淵。只是臨睡之前，嘴唇微微蠕動，似乎在低語著一個名字。

銀光終於完全暗淡下去。

被無數人覬覦的藏寶之地，陷入一片昏暗。

數海里外，一直嚴密監控的路德維希鬆了口氣。

「告知藍血，讓他們準備再次下潛。怪物睡著了，但它可不會休息太久。」

「是的，先生。對了，您要求監視的那艘船隻傳了消息回來。他們已經抵達港口了，您需要查看資料嗎？」

「發過來。」

路德維希面目表情地翻閱著電子文件，視線突然在一處停下來。

「他是誰？」

路德維希指著一張年輕的東方面孔問。

「是這次研究隊隨行的人員之一，有什麼問題嗎？」

「沒什麼。」路德維希不動聲色地關上資料，「這次監視可以結束了。」

眸。

「是。」軍官看了他一眼，告退。

然而，在軍官離開後，路德維希再次將照片調出來觀看，一抹了然襲上他雙

「原來你長這副模樣。」

他伸出手，順著照片上的眉眼，一筆一筆描繪著對方的五官，須臾，路德維希手心握緊，輕輕一笑。

「這次，我看你往哪裡跑。」

第二十九章　老家

白璟在自己還是人的時候，呸，在他還是個正常人的時候，呸呸，在他還沒有變態成藍鯨之時……他曾經養過幾隻寵物，貓、狗，還有倉鼠。

有一段時期，他家裡同時養著這三種寵物，形成了一個完美的食物鏈。

對那時候的白璟來說，沒有朋友親人陪伴，寵物是他唯一的依靠。只是後來發生了一些事，他就不再養寵物了。

但是白璟萬萬沒想到，自己再次當上鏟屎官時，養的竟然是一隻企鵝！一隻從南極偷渡回來的企鵝！

還好現在亞細亞已經是深秋，溫度不算高，不然他真擔心這隻企鵝會被熱死。

「大白？」

他試探地叫了兩聲，企鵝沒理他。好吧，這下白璟知道這真的只是一隻普通的企鵝了。

「怎麼扔了這麼大的麻煩給我啊……」白璟抱怨，可話還沒說完，手上就被用力地啄了一下。

企鵝翻起肚皮看他，似乎相當不滿意他的行為。

哇靠，這隻企鵝聽得懂人話！白璟嚇傻了。

不過他忘了自己特殊的意念能力，最初就是讓他能和各種生物交流，與一隻企鵝溝通，自然不成問題。

因為慕白消失前特地將這隻企鵝交給自己，白璟不敢擅自拋下牠，只能打消將企鵝偷偷送進海洋館的念頭，對著黑白色的小傢伙道：「我帶著你，可是你要聽話。」

「啊嗚！」

「我晚點把你裝進背包裡，你要安靜一點，不然會被大鯊魚給吃了！」

「嘎！」

這隻叫聲像烏鴉的企鵝似乎翻了個白眼。

「……好吧，鯊魚不會吃你，但是人類肯定會把你關起來，放到一個透明的籠子裡，強迫你和不喜歡的企鵝交配，讓更多的人類觀察你生活起居，還偷窺你們愛愛！你怕不怕！」

人類好變態！企鵝明顯抖了一下。

白璟滿意了，將牠塞進自己從研究站借來的背包裡。

「安靜點，我帶你離開這裡。」

安置好企鵝後，他站起身，在久違的陸地上跺了兩步。

「好了。」

他看向人來人往的街頭，「那麼接下來，我們該去哪呢？」

這是一個嚴肅的問題。

白璟離開人類社會已經有小半年時間，消失了這麼久，身上的身分證和財物早就不知道掉哪去了。沒錢沒證件，做什麼都不方便。

白璟想起自己戶籍地還在老家，看來只能回老家的派出所掛失重辦一張臨時身分證了。

想到老家，白璟心情有些複雜，自從離家到外地上大學後，他就再也沒有回過那個地方。

對他來說，家是有親人在的地方，沒了親人，就只不過是一棟冰冷冷的屋子。

何況，白璟和老家那些家族遠親關係並不好。

但是沒辦法，只能走一趟了。

由於身上帶著非法寵物，又沒有身分證，白璟只能搭乘客運，從沿海到內陸城市，然後坐公車進入鄉鎮。最後，還要坐兩、三個小時的小巴上山。

這麼一趟路下來，等白璟最終踏上家鄉的土地時，已經是數天之後。但是，也由於他一直變換交通工具，讓各方想要尋查他線索的人都無從下手。

白璟在不知不覺中躲避過一場危機，然而，危險依舊如影隨形。

「變化好大。」

踏在白家村的門口，看著通向村口的柏油路，還有路兩旁栽起的高大梧桐樹，白璟簡直不敢相信自己的眼睛。

在他的記憶中，老家的天空一直是陰沉沉的，人也都是陰沉沉的。

這裡的人不喜歡與外人交流，甚至也不喜歡和村內的人交流。母親就是因為嫁給了外姓人士，一直隱隱被排擠，白環還被逼著改回了族姓。

哪想到，不過幾年，一個閉塞的村子竟然改天換地變了模樣。

如今，看著周圍來來往往的人流，還有揮著導遊旗進村的旅遊團，白環感嘆時光真他媽是個賤人啊，變著法地折騰你的神經。

呸呸，掌嘴，不能說髒話。不然下次被大白聽見又要學壞了。

「ㄚㄚ。」白環悄悄對自己背包裡的企鵝說，「我們馬上要去一個有很多人的地方，你不要出聲，不然被他們發現，肯定把你抓去做紅燒企鵝。」

背包微微抖了一下，隨即，企鵝用完美的安靜詮釋自己已經明白了白環的話語。

白環滿意地笑了。有超能力就是了不起，訓企鵝就像訓小狗似的。

殊不知在外人眼裡，這個小伙子站在村口對著自己的背包嘀嘀咕咕，還傻兮兮地笑，簡直像個神經病。

幾個聚在村口織毛衣的大嬸可惜地搖了搖頭。多帥的年輕人，怎麼就是個傻子呢？

「嘿，朋友！」

白璟正準備動身時，一隻大手拍上了他的背。

「第一次來白莊？有沒有訂旅館，是一個人還是先來等朋友？要去山裡農家樂看看，還是先探訪古蹟？不管您想玩什麼，這裡應有盡有，包您滿意！來，這是我的名片。」

「農家樂？」

看著眼前這個頭髮剃得幾乎到頭皮的平頭小子，白璟張口結舌了好一陣子。

「對，就在後山。朋友你來得正是時候，這時節滿山的楓葉正紅，風景美得不得了。」

「……古蹟？」

「嘿嘿，你也知道啊，就是始皇古蹟。不瞞您說，我們白莊都是始皇後人，古蹟還是有那麼點的。說不定您運氣好，還能碰上一兩個年紀大的，投緣了，人家指不定就將家傳寶貝賣給您了。」

農家樂！古蹟！

他記得後山只有一個破爛防空洞，什麼時候有滿山楓樹了？還始皇後人，屎黃後人吧！

白璟在這裡生長了十幾年，從沒聽過白家還有這來歷，甚至連家譜都沒見過。沒想到一晃眼數年過去，老家不僅開發了觀光事業，還瞎掰一堆人文歷史，看來很懂現在文化旅遊的熱潮啊。

眼前的年輕人還在搓著手，等著大主顧臨幸。

白璟壓下心中吐槽：「咳，你是癩子？」

平頭小子一愣：「您認識我？」

他不認識我了。白璟暗道，隨即露出一個微笑。

「我有朋友曾來這裡玩，聽他提過你。」

癩子立刻露出一臉得意的表情：「那當然，白莊多少人吃這個飯的，又哪個有的我能耐呢！」

「是嗎？我正愁沒人能幫我。」白璟微笑道，「不知大哥大名是？」

「白海笠，叫我小笠就行了，『癩子』是他們喊的綽號，上不了檯面。兄弟你需要幫什麼忙，儘管說。」白海笠拍了拍胸脯。

我當然知道上不了檯面，癩子還是我給你取的呢，不難聽我會把它安在你頭上？呵呵。

白璟不動聲色道：「我就想找個安靜的地方。不住旅店，也不想去民宿。笠哥有什麼指點嗎？」

「這個……」白海笠露出為難的表情，倒是沒有一開始打包票時的氣勢了。

白璟是故意的。他知道哪怕村子再開放，這些習慣閉塞守舊的村民們，也不會讓陌生人真正與自己寢食同居。

想找到一個能夠接受外人住進自己家的白村人，根本不可能。何況村裡有旅館，有農家樂，尋常遊客也不會有人提出這種要求。

就是抓住了這一點，白璟才特意刁難。

見白海笠為難，他又道：「實在不行就算了吧，我換個地方就是。只是客人要求我畫一幅山水圖，我又覺得這裡景色不錯，可惜……」

「不不不，稍等一下！」

白海笠連忙攔住他，「也不是，不是不行。」

「哦？」白璟回頭，「還有轉圜？」

「我們村比較封建，通常不會讓外人留宿的，但凡事都有例外。」白海笠道，「我有一個堂兄弟，人在外地，好幾年沒回來。他家裡也沒人了，如果是他家，我跟族長說說，應該能讓你住。」

就等著你這句話。

白璟繼續一臉春風化雨般的笑容：「可是主人不在，隨意打擾……」

「沒關係。」白海笠不在意地揮手，「那是我嫡親的堂兄弟，我們關係很好，他不會介意的。」

誰瞎了眼才和你關係好，小時候把我推進河裡的混球是誰？

白璟心裡冷哼，面上卻露出喜色。

「那麻煩笠哥了。」

「不麻煩，不麻煩。對了，聊了這麼久，還不知道兄弟你大名？」白海笠問。

名字？

白璟想了想。

「我叫慕豈。不介意的話，喊我阿豈就可以。」

第三十章　蛻變

咿呀一聲，鐵門輕輕推開，泛紅的鐵鏽簌簌往下掉。白海笠撣了撣，對身後的人道：「進來吧，很久沒人住了，灰塵有點多。」

跟在一個外人身後踏進自己闊別多年的家，白璟心裡滋味難言。

「你先在這裡坐著。」白海笠道，「我去族長家知會一聲，稍等啊。」

「沒事，我先歇一會。」白璟笑著點頭，直到看見白海笠大步跑了出去，才起身向二樓走去。

二樓，他的房間依舊是原來的模樣，連床頭的擺設都沒有移動分毫。看來白璟母親去世的這些年，這間屋子從沒人來過。

白璟打開衣櫃裡面的暗格，翻出自己的戶口名簿。想了想，又去中堂給母親上了炷香。

母親去世的時候，他沒有回來，連後事都是草草了事。時隔多年，白璟仍舊清楚記得當年離家時，母親的那句話。

「胖胖，出去了就別再回來。別回來！」

白璟至今仍不知道，母親為何如此抗拒自己返鄉，甚至臨走都不讓他見最後一面。不過，今天既然有了機會，他總算能為母親上炷香，祭奠一回。

將三支香插入香爐，煙灰寥寥，飄到院外的桂花樹下。白璟靜靜坐著，一時間思緒萬千。

「誰？」他突然睜開眼，看向牆外的角落，抓著背包的手下意識握緊，「誰在那裡？」

桂花樹下，灌木輕輕搖晃，有個身影在黑暗中蠢蠢欲動，伴隨著不祥的陰影。

同一時間，去向族長請示出借房屋的白海笠，遭到了一頓痛罵。

「誰讓你借出去的！」

頭髮半白的老族長恨鐵不成鋼地看著他，「你也不動腦子想想，現在是什麼情況，這種時候能讓外人進村嗎？」

白海笠還想狡辯：「可是外面那些遊客，不也是住在村子裡嘛！」

「那能一樣嗎?遊客住的地方都有人盯著，但是他一個人單獨住進來，一不留神跑到不該去的地方怎麼辦?何況——」白老族長說，「何況你還讓他住白璟家!」

「住白璟家怎麼了?」白海笠嘀咕，「反正那小子半年多都沒消息，說不定死在哪個街頭了。」

「混帳!」白族長一拍桌子，「有你這麼說話的嗎?」

「大、大伯?」白海笠吃了一驚，不知道為何一向疼愛自己的大伯會這麼生氣。

他不就說了白璟一句閒話嗎，這幾十年，村裡的人說他們孤兒寡母的還少了?

老族長沒有理會自己侄子，而是轉身道:「實在抱歉，讓客人見了這麼不堪的一幕，都是我們教育無方，慚愧了。」

白海笠這才注意到，原來族長身後的陰影裡還站著另外幾個人。他抬眼一看，瞧見一雙冰綠色的眸子，不由得瑟縮了一下。

哪來派頭這麼大的老外？白海笠心裡還沒想明白，那邊老外們已經和族長交談起來。

翻譯說：「路德維希先生問，那位白璟先生許久沒回族裡了嗎？」

族長連忙道：「是的是的，白璟出去讀大學後，就沒回來過。」

翻譯又問：「那麼，像這種遊客提出居住在本地居民家的要求，平常也很常見？」

白族長一愣：「這倒是沒有。我們這一脈對外人開放，也只是近兩年的事。外人借住的情況，還是很稀罕的。」

深綠眸子的男人聞言，突然站起身，向門口走去。

「這、這是……」白族長手足無措。

翻譯解釋：「路德維希先生說，想要親自見一見那位借住的客人。」

做了多年的人精，族長可不是白混的。他想起這些人前來村裡的目的，又想起路德維希的舉動，不禁錯愕道：「難道你們懷疑，回來的那個人就是白璟？」說著，他扭頭看向白海笠。

「不，不，絕對不可能！」白海笠舉手發誓，「我和白璟從小一起長大，他長什麼模樣我很清楚，那個腦滿腸肥的胖子怎麼可能會……」

正要出門的路德維希突然回頭，把白海笠盯得不敢說話。

許久，在場所有人的腦海裡，才響起這麼一句話。

「如果他『蛻變』了呢？」

白族長臉色一變，可路德維希已經大步走遠，他也只能跟了上去。

「蛻、蛻變？」白海笠還愣愣地站在原地，「白璟那個傻胖子？他又不是純正的血脈，怎麼可能……哎，等等我！」

一行人向白璟家的舊院子趕去，各懷心思。

一場好戲，徐徐上演。

十分鐘前，白璟家圍牆下。

白璟手握著背包，感覺到裡面企鵝的體溫後，心裡才安穩了一點。

這一路趕回家的路上，他總有點魂不守舍，覺得有什麼在刺激著他的後頸，時不時提醒幾聲危險。到了白家村後，危機感不僅沒有消退，反而更盛。

他戒備地看著灌木，灌木微微晃動，隨即，一個削瘦的身影慢慢走了出來，竟然是個不滿二十的青年人。

「哎哎，別緊張。我不是壞人！」青年高舉著手道，「我只是好奇過來看看，你也是白家人吧？我剛才看到你祭祖了。」

那不是祭祖，是給我老媽燒香。白璟吐槽，見到來者年齡不大，稍微放鬆了些戒備。

「我來這裡之前，就知道你們亞細亞人有很多風俗。我剛才只是一時好奇才湊近了看，驚動你真是不好意思。」

他看著這個褐髮褐眸的外國青年，實在有些哭笑不得。這時，他把這個青年，當作是誤闖白家內宅的遊客了。

「你第一次來這裡？中文說得不錯。」

「當然！不然我能搶到現在這個職位？」褐髮少年得意道，「路德維希大人就是看中了這點，才會帶我一起過來。不過我不喜歡他，明明大家都是同伴，他卻藏著一堆祕密，什麼也不讓我知道。要找人也不告訴我對方的模樣，害我只能像無頭蒼蠅一樣亂轉。」

找人？

「所以你就是被白家的人安排在這，準備監視白璟的人嗎？」少年問。

白璟：「……」

壓下剛才心裡的驚濤駭浪，他笑一笑，「是啊，你也是？」

「不，我不是。」少年饒有興致地打量他，「我只是出來逛逛，看看亞細亞這邊的同族而已。」

血脈是指什麼？這人口口聲聲稱白家，他們與白家有合作嗎？難道白家村還有自己不知道的祕密？

就在白璟暗忖這些時，少年慢慢走進了。

「仔細一看，你長得還挺好看的。」他伸出手，「讓我想起一個人。」

不知怎地，看著那雙湊在眼前的褐色雙眸，白璟的腦子像是突然糊塗了一樣，呆呆地站在原地，都不知道動彈。

看見他這副模樣，少年微微一笑，同時進一步逼近。

「**白痴！**」

懷裡有什麼動了一下，猛然驚醒白璟，讓他及時後退了一步。

企鵝從背包裡探出頭來，漆黑的眼珠瞪著眼前的不速之客。

「ＹＹ！慕白？」白璟錯愕。

「這隻企鵝……」

褐髮少年皺眉看著企鵝，突然渾身失力地踉蹌了一下。等他再站起身的時候，已然模樣大變，看向白璟的眼神從剛才的好奇與蠢蠢欲動，變成惱怒。

這一幕，白璟熟悉無比。

「慕白？」

「快點離開這裡。」占據著陌生軀殼的慕白道，「這不安全，有人想要抓住你。」

白璟一邊抱起企鵝，一邊跟著他跑。

「是誰想抓我，人類嗎？」

「人類？」慕白冷笑一聲。他抬起頭，讓白璟看自己現在這副身軀的耳後，

「你覺得這個身體的主人，會是人類嗎？」

白璟抬眼看到一條熟悉的縫隙，是鰓裂，這是？

「海裔。」慕白低聲道：「一幫早就拋棄海洋的傢伙。」

海裔？為什麼會牽扯到白家？又為什麼會盯上我？他們與上次攻擊的艦隊有什麼關係？

白璟有一肚子的話想問，可眼前人突然身體一軟，摔倒在地。

好吧，他習慣了。

白璟熟門熟路地抱起懷裡的企鵝，仔細盯著。

「哈囉，訊號還好嗎？現在與我說話的是ＹＹ還是大白？不說話我就當你是ＹＹ了。」

對於這個蠢名字，企鵝毫不猶豫地扇了他一掌。

白璟確認，這麼暴力的傢伙肯定是慕白。

「白痴，白痴，白痴！」

「好啦，好啦，我馬上就跑，你別催我。」

白璟翻牆而出，帶上東西小心翼翼地離開。

而當路德維希帶人趕到白璟家舊院時，看到的只有快燃盡的香，還有昏迷倒地的褐髮少年。

「果然是他。」

路德維希撚了撚香爐裡的灰燼，望著變暗的天色。

「追！」

第三十一章　夜奔

暮色降臨，整個白莊都亮起了燈火。

本該是家家戶戶齊聚享用晚餐的時刻，今晚的夜色裡，卻增添了一絲不祥的氣息。如幢幢鬼影，若隱若現。

有遊人推開了旅館的窗子，看著村莊裡的人提著燈籠在街上奔跑。

「怎麼了，今晚有廟會嗎？」遊客有些蠢蠢欲動。

旁邊伺候的白家村服務生笑了笑。

「先生還是不要出去比較好。」他道，「夜黑風高，村裡人忙著捉鬼，客人可別被牽累了。」

他說這句話的時候，不知是開玩笑還是一本正經，卻讓聽見的人不由得打了個寒顫，訥訥地放下窗簾，也不再提出去看的事。

然而，這天待在白家莊的所有人都不知道，他們在捉的不是鬼，而是一隻藍鯨和一隻企鵝……錯了，是一隻披著人皮的藍鯨，和一隻披著企鵝皮的大白鯊。

白璟抱著慕白跑出自家院子，出門沒多久，就聽到了追趕的聲音。

「糟糕，追過來了！」

他連忙轉身換個方向，專門挑小巷子走。可是好幾年不在老家，白莊的巷弄早就有了變化，即便再小心，久未歸家的白環還是被白家村人堵在了一條巷子深處。

「人就在裡面？」

「在！我親眼看見他進去的。」

「這小胖子，幾年不見，動作靈活多了。」

「進去堵他，別讓他跑！」

這些話，躲在巷子深處的白環聽得清清楚楚。他順手抄起垃圾堆裡的一根木棍，放在手裡掂量了幾下。

「白痴？」

慕白問他在做什麼。

「做戰前準備啊。」白環回答，「難道我要束手就擒？別擔心，打架我很有經驗，不會輸的。」

「白痴。」

「你說你可以對付？不好吧，就你這模樣，不被他們抓去清蒸就不錯了。」

慕白不再說話，白璟還以為是不是自己說錯話，惹得鯊魚又鬧彆扭。可他還沒有時間問，那邊的人已經衝了進來。

雙方一碰面，彼此都愣住了。白璟是因為看到的都是熟面孔，而那幾個年輕人看到眼前的瘦子，卻是齊齊呆住。

「靠，這個瘦子是誰？」

「這是三胖？他身上的肉呢，被剁了做回鍋肉了？」

「你的才是回鍋肉！」

白璟抄起傢伙衝上前，往最近的一個人下路攻去。

「操，果然是這小子！下手還是這麼黑！」那人慌忙躲閃。

白璟咧嘴一笑，露出一口白牙。下一秒，一棍子就拍在對方背上，直接把人打趴。

「你還是這麼綿軟，小烏龜！」

白圭吐出一口血沫，狠狠道：「上！把這胖子打趴下！」

幾個人一擁而上將白璟團團圍住。起初白璟還能應付，畢竟和這幫兔崽子從小打到大，可是雙拳不敵四手，漸漸落於下風。

白圭看出他體力不支，大吼：「趁現在！小魚，揍他後腳！」

身後一個瘦高個應了聲，抬起手裡的磚頭，一下砸在了白圭頭上。

白圭被砸傻了，他做夢也沒想到，自己的親兄弟會在背後捅自己一刀。

「小魚，你……」

又是一下。

白璟側過頭去，都不忍心看。

白鈺走了過來，一把拉住白璟的手。

「走！」

「我就知道是你。」白璟笑呵呵，「這招真是好用，來無影去無蹤，輕輕鬆鬆就能讓他們內鬨。」

又附身在人身上的慕白瞥了他一眼，抓著人就跑。

而巷子裡，被打量的白烏龜和他的伙伴們，還傻愣愣的不知道究竟是怎麼回事。

這白小魚怎麼就背叛他大哥投靠敵人了呢？即便胖子變成瘦子，醜人變成美人，也不至於這麼令他色迷心竅吧。

「是白璟。」

路德維希走到巷口，看都沒看血染青石的白圭一眼。

「他的能力可能是操控意識，你們與他接觸，不要去看他的眼睛。」

剛才白鈺就是與白璟直接對上了眼睛，才被附身。

雖然路德維希不知道白璟是怎麼操控他人的，但是也不難猜出個大概。

海裔們遺留下的知識中，他們知道，純血種的傢伙總是有一些特殊能力。哪怕不是純血，只是血緣接近的親代種，也可能進化出各種能力。

翻譯解釋了之後，在場的白家人一臉不敢置信。

父親不明，母親不在，一直被白家排擠在外緣的傻小子白璟，竟然也能遇上這等好事？

「追！」

白家的一伙年輕人又殺氣騰騰地追了出去。

「路德維希大人？」翻譯跟在男人身後，問，「您不去？」

「薩爾還沒醒？」路德維希突然問。

「是的，可是……」

「既然連薩爾都對付不了，你覺得白家這些人拿得下他？」路德維希手插著口袋，頭也不回地道，「聯繫總部，讓他們加派更多人手。」他頓了一下，又道，「動作謹慎點，不要被那些美國佬發現。」

「是。」

夜風吹過，樹影婆娑，想像不到的黑影還在接二連三地來襲。

然而，光應付眼前這些白環就應接不暇了。

最開始的時候，一切都進展很順利。他在明，大白在暗，時不時地附個身來個裡應外合，一伙接一伙的敵人就能輕鬆解決。可是後來，那幫人不知道為什麼找到訣竅了。他們不看白環的眼睛，慕白就難以附身。

「這幫傢伙！」白環嘀咕，「我都不知道我的能力的罩門在眼睛，他們是怎麼發現的？」

「白痴！」

失去了依附的企鵝慕白又不能說人話了，白環苦不堪言。難道真的就這樣被捉住？

就在他被逼到「環村高架」上時，下頭突然有人喊：「喂，上面的傢伙！快跳！」

白環回頭，只看到一個戴頭盔的騎士坐在一輛哈雷機車上，引擎噌噌地響著。

騎士朝他揮手：「是男人就跳！我帶你跑！」

這時候白環真想說一句：「You jump, I jump!」但是時間容不得他開玩笑，他翻身躍過土坡，一下子跳到下面的公路上。

「身手不錯。」騎士誇獎。

「當然。」白環得意，「從小練就的，不比猴子差。」

騎士無語。這人究竟是在自誇，還是自嘲，真是搞不明白。

「坐好！」騎士大喊，「我要踩油門了！」

「環村高架」上一群白家年輕人拿著磚頭和鐵鍬追了下來，眼看就要跑到哈雷跟前，騎士一催油門，黑色哈雷如同一道幻影，瞬間將這幫兩腳動物甩在後頭。

探照燈打得前方的道路雪亮，空氣被流線形的車身破開，聽見一旁的樹葉啪啪啪地響。

哪怕是兩人擠在單人座的哈雷上，白環也覺得心中無比暢快。逃脫追捕的喜悅，和黑夜飛馳的恣意，讓他忍不住要放聲大吼。

「朋友，感謝你的救命之恩！只是我現在身無分文，又無以為報，以身相許可不可以啊？」他哈哈地開著玩笑。

騎士猛地扭過頭來。

「以身相許？」黑色的眼睛閃過一道冷光，「也要看我要不要。」

「……慕白，你會騎機車？」

「那是什麼？」

「我靠！要撞樹了，要撞上了！你這個大白痴快把人換回來啊！」

第三十二章　三方

黑夜裡坐著時速過百的機車撞樹，這滋味可不是什麼人都有幸體會。

慶幸的是，白璟從生死關外走了一圈，最終沒能成為這類夜奔襲樹人士。在最後關頭，慕白總算是及時退出，把正牌騎士換了回來。

一恢復意識，看清楚情況的騎士頓時驚呼：「我的天啊！」

他猛地扭轉方向，車尾甩出一道大大的弧線，才將將避過了危險，從大樹旁橫擦而過。

「命都嚇沒了。」避過一難後騎士心有餘悸，又疑惑道，「剛才怎麼回事？難不成我開小差沒控制好方向？」

白璟訕訕道：「不怪你，不怪你，一時走神難免的嘛。」

騎士回頭瞥了他一眼，不知為何，白璟竟然在裡面看出一絲怨念。

他拍了拍胸口，這個傢伙，應該沒有發現自己剛才被附身吧？不對，首先得弄明白對方為什麼會救自己，是巧合還是蓄意？

「你……」

他剛開了口，騎士就把車停下了。

「你下去吧。」

白璟：「……」

大哥，雖然我害你差點出車禍，不，都是大白那隻蠢鯊不知輕重！但你也不至於這樣吧？送佛要送到西，不要把我扔半路啊。

誰知這人不知從哪翻出一件外套，披在背包上，綁在自己身後。乍一看，還真像個人坐在後面。

騎士說：「我去引開那些人的注意，你自己跑。記住。不要搭乘任何公共交通工具，不要做任何會暴露你身分的事。實在不行，就回去吧。」

「我，那……」被騎士的奉獻精神嚇到，白璟手足無措了半天，才道，「你究竟是誰？為什麼要幫我？」

騎士發動引擎，轟隆隆的引擎聲再次響起。

「你會知道的。」他撫了撫頭盔，笑道，「如果那時候你還在這裡的話。走了，再會！」

他瀟灑地揮了揮手，便開著大燈消失在白璟面前。

看著那抹亮光越來越遠，白璟呆呆地站著。

「我真是越來越不懂這個世道了。」他抱著懷裡的企鵝，「你說呢，慕白？」

企鵝「嘎嗚」叫了一聲，算是贊同，同時也表示慕白同志已經不在這裡，鯊魚又回去了。

「真是神出鬼沒。」白璟無奈，抱著丫丫鑽進小樹林。他決定按照騎士的提醒行動，在沒弄明白這一切是怎麼回事之前，先藏起來再說。

如今已是深夜，而潛藏在夜色中的各方牛鬼蛇神，卻還在你方唱罷我登場。

他得好好想想，能找什麼地方躲起來。

山雞打鳴，晨霧破曉，又是一天天明。

村子口，君君捧著田裡新摘的青菜蹦跳著回家。想了想，小丫頭又摘了朵野花，往自己頭上比了比。半晌，擠出一臉笑靨，開心地往家裡跑。

「媽，媽！我摘了新鮮的大白菜，今天中午炒來吃吧。」

君君的嬸嬸看著侄女頭上的野花，噗嗤笑了：「哎呀，君君長大了，知道愛漂亮了。要去找小老師玩啊？」

君君又羞又惱地瞪了她一眼，轉身就跑。

「我不理妳們了，我去找胖胖哥哥！」

而她飛奔而去的大院西屋裡，她的胖胖哥哥正凝眉坐在桌前，十分嚴肅地思考問題。

「YY。」白環抱著企鵝，道：「我分析一下，你幫我參謀參謀。」

「啊嗚！」

企鵝叫了一聲。

「我從下船到現在，遇上了兩批人。一批是在白家要抓我的人，一批是前天晚上救我的那個機車騎士。但是，我聽他們兩邊的口氣，似乎還有人盯著我。你說說這些人盯上我什麼了?難道是因為人帥錢多,哈哈哈……」

啪!企鵝毫不留情扇了他一掌。

在打擊白璟這方面,企鵝深得大白鯊真傳。

「我開玩笑的!」白璟委屈地揉了揉臉,「算了,你聽我說。慕白提到了海裔,我也隱約聽見白家的人提到類似的詞,好像還有人在背後指示他們。我畫個關係圖。」

他在桌上沾了點水,畫起來。

「我和慕白,在南極時就被一幫人盯上。上了岸後,這幫人盯上了我。回到白莊,白家的人又追捕我。但是我覺得南極的那幫人和白莊的人,應該不是一伙的。你問為什麼?南極的時候,軍艦開火毫不留情,簡直快把我烤熟了。可白莊和他們幕後的人,我覺得他們手下留情了。」

他給自己點了點頭,又繼續道:「還有救我的那個騎士,他肯定也不是單槍匹馬。不過暫時看不出他們有什麼不良企圖,做了好事還不留名,應該可以信任,就把他歸類為……嗯，甜菜一派。至於白莊的那幫人，雖然沒下狠手，但也讓我吃了不少苦頭，就稱他們苦瓜吧。我最討厭這玩意。」

白璟哼哼道：「而南極艦隊那幫就是一群螞蚱。秋後的螞蚱蹦躂不了幾天，等我神功大成，就帶慕白去端了那伙人的老窩！」

他給三批人一一取了代號，才繼續分析下去。

「而海裔，就是將這看似毫無干係的三批人聯繫起來的關鍵字。」白璟畫上一個大大的圈，「它包括我和大白，也包括大白說的其他人。那麼，『海裔』究竟指的是什麼？」

他托著下巴：「是和大白一樣能夠變身的進化種嗎？還是說……」他眼神閃了閃，沒再說下去。

「胖胖哥哥！」

這時候，君君推門進來了。

「我幫你摘了花，你看，好看嗎？」

白環抱起小女孩，接過她手裡的野花：「謝謝妳，君君，來找妳哥哥玩嗎？ㄚㄚ，還不歡迎你妹妹。」

「嘻嘻，大企鵝。」君君說著，就伸手去抱。

沒錯，白環這個沒良心的，把人家好好的女孩子，硬生生地扯成企鵝的妹妹。為此，他無視了企鵝的嚴正抗議，在小女孩的湊熱鬧勁頭下，就讓這一人一企鵝結拜兄妹了。

看小女孩對企鵝的殷勤模樣，君君的嬸嬸說錯了，小女孩哪是來找白環，分明是來找她家企鵝哥哥的！

「嘎唔！」

企鵝被君君抓在手裡，拚命掙扎，小女孩還拿著花一個勁兒地給牠戴。對於一隻正直的企鵝來說，這簡直就是折磨。

白環無視企鵝求救的眼神，淡淡道：「做哥哥的就稍微陪妹妹玩一下嘛。ㄚㄚ，你大度點。」

他絕對不承認，自己是為了報復企鵝老是扇他巴掌。這都是為了滿足一個豆蔻少女的浪漫情懷嘛。

「哎呀，小老師，我們家君君又在搗蛋了？」

君君的媽媽端著一籠熱饅頭走了進來，「這丫頭，平時村裡沒什麼人，看到您過來寫、寫……」

「寫生。」

「哦，對，就是畫畫嘛，她就興奮得不得了，打擾你啦。」

「沒事。」白璟起身，幫君君的媽媽端過饅頭。

「阿姨，今天又吃饅頭？」白璟頓了頓道，「我身上還有點錢，不然我去市場買菜，也不能老是在你們這邊白吃白喝。」

「哎哎，不是，現在你就算去了市場也買不到菜，那邊亂著呢。」君君她媽擺了擺手。

「哦？」白璟豎起耳朵，「出什麼事了？」

「就是山那頭的白家村，我們附近的村子一直不和他們來往的那家。那白家的人啊，平時總不樂意和外面打交道，可不知道出了什麼毛病，前幾年突然搞起旅遊開發了。」

一說起八卦，君君的媽媽和全世界的中年女性一樣充滿熱忱。

「要我說啊，這就是沒事惹事。附近百里的人家，誰不知道他們白家村有點邪門，還搞什麼旅遊開發。你看，現在果然出事了。」

她壓低聲音，神祕道：「聽說上面都派人來調查了。整個村子都封鎖起來，連累得我們附近的村子也去不了市場。」

「上面？」白家皺眉，「阿姨知道是哪個上面嗎？」

「這我哪清楚，只知道是某個大官下的令，還來了好多當兵的。對了，還有好多老外，都在抓白家的人呢。他們肯定是捅了天大的婁子！」

君君她媽媽仍在嘮叨不絕，白璟聽了，心裡卻是說不清的滋味。

即便再不好，那也是他從小長大的家鄉；即便從小打架互相嫌棄，那些也是他血脈相連的親人。如今聽到白家落得這個下場，白璟心裡有些酸楚。
白家被盯上，與白璟脫不了干係，應該是三方角力的結果。
如今，當事人坐在這個小小的山溝裡，只能幽幽嘆口氣。
「陸地上的事真讓人煩心。」
白璟開始想念那片蔚藍的深海了。

第三十三章　浮龜

藍天、白雲、清澈的河水、黑黑的泥土，秋風拂過鼻頭，帶來的都是沉甸甸的果實香。一切都是那麼美好，自然而清新。

哦，還有一隻頂著圓滾滾的肚子，在河邊曬太陽的企鵝。

……企鵝？

「啪！」

白璟一把扔下手中的漁網，水花四濺。

「老子不幹了！」

身後河岸上，企鵝正伸出翅膀想要撓撓肚皮，撓不到，於是白了發怒的某人一眼。

「不幹了不幹了！老子再也不幹了，我究竟是為什麼會淪落到躲在山溝裡幫企鵝捕魚的地步啊！」

平心而論，企鵝覺得這隻鯨魚簡直是太聒噪太無理取鬧，於是翻了個身，把屁股對著對方。

見狀，白環更惱火了，上去揪住胖企鵝的翅膀。

「ㄚㄚ！你說你，一隻正值大好年華的企鵝，一隻有著高級趣味的企鵝，一隻身負重任的雄企鵝，在陽光如此明媚的時節，你不自己狩獵，而只想著不勞而獲！」白環痛心疾首道，「ㄚㄚ，這樣我很擔心啊！你回到南極後，會因為總是吃軟飯被母企鵝嫌棄。」

以前待在南極的時候總是蹭軟飯的究竟是誰？總是賴著海神大大要蝦蝦吃的究竟是誰？愚蠢的鯨。

ㄚㄚ不耐煩地甩開他，還「嘎嗚」叫了一聲，意在催促。

你再不幫我捕好魚，太陽就打西邊落下去了。

遇上一個如此不顧及藍鯨辛勞的黑心企鵝，白環還能說什麼呢？他抹掉不存在的眼淚，繼續替ㄚㄚ捕魚。

待在這個山間村落將近一週，白環和企鵝ㄚㄚ的生活，目前還處在脫貧致富的階段。

一方面要躲避三方不明人士的耳目，一方面又要打聽情報，白璟身上本來從李雲行那裡摸來……咳咳，借來的盤纏漸漸不夠用了。還好借住的阿姨為人熱情，不僅每天無私地和白璟分享情報（八卦），還不收白璟房租。

我們勤勞的小藍鯨哪過意得去，他只能賣身抵債，幫阿姨幹些農活。另外，企鵝丫丫的食物問題也是白璟自己解決的。

但是，今天，白璟同志站在河邊已經整整一個小時了！一隻魚都沒有捕到！以前一感受到他的意念就自動往漁網裡鑽的小魚兒，不知道都去了哪，獨留白璟站在逐漸西沉的夕陽下，背影蕭瑟。

「見鬼了。」白璟喃喃自語，「難道今天是每個月的特殊日子，我的能力失靈了？還是說這條河發生了什麼——」

他說著抬頭一看，啪噠一聲，漁網砸在腳上。

屍、屍體啊！一具屍體從上游漂流下來了啊啊啊！

白璟一個箭步躲到企鵝身後，拚命把自己龐大的身軀往丫丫背後塞。

蠢，一隻死猴子而已，怕什麼？ＹＹ萬分鄙視他。

「可是那是屍體啊！前面是不是發生了謀殺案，凶手是不是就在附近？我作為第一目擊者，警察會不會懷疑我？還有那個在河裡漂的屍體，會不會突然詐屍……」

即便企鵝不知道腦補是什麼意思，牠對白璟的廢話也受夠了。怎麼有膽子這麼小的鯨！ＹＹ不屑地拍了拍白璟，讓他躲到自己身後。牠自己邁著小腳丫，一搖一擺向浮屍走去。

就在企鵝剛踏進河裡的時候，浮屍突然動了一下，扭著屁股往另一個方向漂移。

白璟：「……」

ＹＹ：「……」

企鵝再次邁動右腳。

浮屍繼續地往左邊躲了躲。

這次幅度很明顯，一鯨一鵝都看得清清楚楚。

「詐、詐、詐……」白璟眼淚都快掉下來了。

詐什麼？這是活的！丫丫鄙視了藍鯨一眼，兩腳丫一蹬地，飛快地躍入河中，向「浮屍」游去。

知道自己被看穿了，「浮屍」也顧不得掩飾，速度更快地游了起來，甚至在水裡游起了狗爬式。

「……這個姿勢有點眼熟。」白璟瞇眼，看清楚「浮屍」身上的穿著後，隨即了然。

他悄聲下水，與丫丫從兩面夾擊，向「浮屍」逼近。而只顧著躲避企鵝的「浮屍」，顯然沒有聽過「企鵝在前，藍鯨在後」這句話。

「我讓你裝神弄鬼！」

白璟瞬間出手，牢牢抓住「浮屍」的腰，「何方妖孽，還不速速受擒！」

「嘎！」

ㄚㄚ與白璟配合老練，也一口咬上「浮屍」的手臂。那個力度，嘖嘖，白璟替對方默哀。

「痛啊啊啊！」

只聽河裡響起一聲慘絕人寰的哀嚎，隨即一個人從水裡冒出頭來。

「饒命，饒命，大俠饒命！你問什麼我都交代，不要殺我！」

白璟這時候才看見「浮屍」的真面目，頓時啞然，「小烏龜？」

這不就是那天晚上，堵他的白家軍的一分子嗎？

白圭抬起頭，驚道：「三胖？」

白璟一個巴掌把他塞回河裡，微笑：「看來是我認錯人了。」

「白璟……」委屈地叫了聲，白圭抹了把臉上的水，「你怎麼會在這裡？你竟然在這裡？這麼多人在找你都沒找到，你竟然藏在這個地方！」

「這句話我是我該問你。」白璟說，「你怎麼會在這？還有，白家究竟出了什麼事？」

小烏龜額頭上還帶著那天被大白敲出來的傷痕，身上衣服也破破爛爛的，還有燒焦的痕跡，看起來在白璟逃脫之後，他又遇到了很多事。

「出了什麼事？」小烏龜苦笑，「你不知道？」

白璟挑眉：「為什麼我會知道？」

小烏龜恍然：「也對，你和你媽一直不被大家接受。你不知道，你竟然不知道！」他放聲大笑，臉上眼淚橫流，「白家因你而滅，你竟然說不知道，哈哈哈，哈哈哈哈！」

這人又哭又笑的，精神顯然不太正常，但是白璟更在意的是他說的那句話——白家覆滅。

開玩笑，如今這個時代，有什麼勢力可以在光天化日之下悄無聲息地解決一個村莊的人？

「不准哭！」

他拉起小烏龜的衣領，不耐煩道：「別以為自己多倒楣，我才是受害者好嗎！

把事情解釋清楚再給我哭，ＹＹ，揍他，揍到他說話為止！」

企鵝眼睛裡散發出興奮的光芒，躍躍欲試。

白圭顯然對某隻企鵝有了心理陰影：「別，讓那隻企鵝離我遠點，我說，我說！」

十分鐘後，白璟找了個安靜的草叢，聽白圭將事情的來龍去脈講了一遍。

原來，白璟逃出白家的那天晚上，有一批荷槍實彈的人闖進了白家村，將包括族長在內的所有人都帶走了。

對於此次大難，白家像是早有所料，在發現自己不是對方的對手後，成年人全都安安靜靜地被押解。而未成年的孩子，則由家族中幾個有能力的年輕人，負責悄悄送走。

誰知對方將他們的退路也封得一乾二淨，白家三百七十二口人，除了白圭因為會龜息術，僥倖逃了出來，沒有一個倖免。

「躲了這麼多年，還奉行什麼大隱隱於市的做法，搞起了農家樂，本來一切都挺好，可是……」白圭看了白璟一眼，「你知道為什麼村裡一直不允許族女外嫁，也不願讓大家離開宗族嗎？」

白璟沉默半晌：「因為白家是海裔。」

「看來你還不算太笨。」白圭嗤笑一聲，「可我看你也不清楚究竟什麼是海裔。」說著，他眼睛裡散發著狂熱，「在這世界上，人類就是真正的萬物之主？這麼多無法用人類科技解釋的史前遺跡，究竟是誰製造的？為何人類進化的歷史，會出現一個斷代？為什麼其他生物沒有進化成人類這樣？三胖……咳，白璟，你有想過這個問題嗎？」

白璟收回眼刀。

「難道你知道答案？」

「我當然知道。」白圭說：「因為海裔，才是最早發展出文明的智慧生物。數萬年前，開創我們偉大文明的始祖，全世界的海裔永遠都記得他的名字——普飛亞。」

白環突然打了個激靈。

他想起自從踏上陸地後，就再也沒做過的那個遙遠的夢。

夢中，有一隻巨大的海獸和一個少年。

「普飛亞。」

第三十四章　洪水

地球已經有四十六億年的壽命，最早的單細胞生命誕生在四十五億年前，而直到大約三百萬年前，人類才出現在這顆星球上。

在人類出現之前，這顆藍色星球經歷了數次生命變遷，五次生物大滅絕。

比起悠悠四十六億年的歲月，人類區區百萬年的歷史，短暫得如同朝生夕死的蜉蝣，不值一提。而又是什麼使得人類自大地認為，他們才是唯一存在過的智慧生命？

如今，越來越多的證據表明，在出現繁榮的人類文明之前，曾經存在一個或數個史前文明。澳大利亞的派恩小島、埃及的金字塔、馬雅人的神廟壁畫、沉入海底的亞特蘭提斯大陸，種種蛛絲馬跡都在向人類證明。

——你們不是這顆星球上的唯一文明種族，甚至，也不是最智慧的一個種族。

《聖經》曾描繪過世界毀滅的故事，無獨有偶，在其他文明的古傳說中，世界也都曾經歷過一次或多次的毀滅。而對於毀滅世界的事物，傳說都有相似的描繪——傾覆全世界的洪水。

如今鯨等海洋哺乳動物退化的鰭曾表明，這些海洋生物曾一度生活在陸地，只是後來又返回海洋。

是什麼迫使牠們這麼做？是生存。

四十億年來，地球的環境幾多變換，有時海洋是生物溫暖的家園，有時候它變作可怕的地獄，陸地也同樣如此。

而海裔的來歷，則與這些傳說息息相關。

雖然目前已經無據可考，但無論是海裔還是研究他們的人類，都認為海裔是在一次海洋環境的突發變化中登陸陸地，之後一部分返回海洋，一部分留在了陸地上。

甚至可能，人類目前探查到的一些史前文明都與這支海洋種族息息相關。但是海裔的文明為什麼沒有繼續發展下去，他們怎麼會混入人類之中？這些都還是未解之謎。

海底人、地心人、亞特蘭提斯人，關於海裔的傳說甚囂塵上。

有人說他們是傳說裡滅世的惡魔，有人說他們是史前文明的遺族。而對於已經勢弱，與人類血脈混雜的海裔來說，歷史同樣縹緲無蹤，除了狂熱的信念，他們連自己的祖先都無法追尋。

「我們明明是比人類更高等的智慧種族！」白圭的神情有些瘋狂，「我們的能力比他們強，歷史比他們悠久，經歷過了一次又一次的生物進化和淘汰。而如今，這些布滿了全世界的人類，竟然把我們當成是實驗室的白老鼠。他們有什麼資格！」

「白老鼠？」白璟的臉色有些難看，「你的意思是……」

「沒錯，實驗。」

白圭看向他，「把我們關在鐵籠裡，抽取我們的血液與骨髓，強迫我們與不愛的對象繁殖，以誕生出更純種的海裔。」他笑了笑，「你知道嗎？他們甚至會讓我們與其他野獸交配，以誕出更符合他們要求的『怪物』，利用這些『怪物』去對付他們的同胞。」

白圭臉上的表情充斥著憎恨與絕望，白環想起了被俘虜的白家三百多口人。他們的命運，就是等待殘酷實驗的實驗體。

「我的妹妹，她還不到十二歲！」白圭表情扭曲。

白環覺得自己需要好好靜一靜。他剛能接受自己生下來就不是人，現在不僅要接受自己不是人，還與人類有著深仇大恨。怪不得之前慕白看到被利用的海裔時，會露出那麼憤怒的表情。

慕白……想起大白鯊，白環又想起一個疑點，那些人追捕自己和俘虜白家人的行動，和他們針對慕白的行動是否有關聯？

而自己突然以藍鯨的面貌出現在南極與慕白相遇，真的只是巧合？為什麼對變成藍鯨之前的那段記憶，自己一點印象都沒有？

如果連與慕白的相遇都是有人暗中策劃……

白環突然覺得心裡很不好受。

「人類不惜付出昂貴代價，也要追捕海裔，拿我們做實驗又是有什麼目的？」

半晌，他沙啞問。

「為什麼？」白圭看著他，露出一個詭異的笑容，「或許是因為，他們不想死。」

「什麼意思？」白璟皺眉。

白圭看著他不說話，只是嘿嘿笑，笑得白璟起了一身雞皮疙瘩。他一把拎起對方的衣領：「你笑什麼？」

「我笑你，白璟，明明占了天大的便宜，卻一無所知；明明得了所有的好處，卻躲在這種窮鄉僻壤。」白圭道，「如果我是你，如果我是你——」他雙目赤紅，咧了咧嘴，露出布滿上顎的一排牙齒，「我就把那些人類撕成粉碎，讓他們永世不得超生！」

白璟驀地鬆開手。

這個人不正常！

不，整個白家的「人」都不正常！

小時候生活在白家村，白璟就發現了白家人不喜歡與外人打交道，偶爾有外人進村，村人也都是家家戶戶關上門，從門窗裡警惕地盯著對方。而現在，白璟恍然明白。

當時白家人看外人的眼神，根本不是戒備，而是惡意，恨不得生啖其肉的惡意！

而這種仇恨，偏偏又讓人無法指責。

「你……」白璟喉嚨乾澀，彷彿有火焰在炙烤。

「胖胖哥哥，胖胖哥哥！」突然，遠處傳來一陣陣呼喚，打破沉寂。

君君一瘸一拐地跑了過來：「快走，有人要來抓你了，胖胖哥哥！嗚！」

小女孩身後突然冒出幾個全副武裝的男人，一擊打暈了礙事的女孩，十幾個黑衣人從四面八方向白家兩人包圍過來。

「君君！」

意外發生得太突然，白璟下意識就想衝上去。

然而，他卻被人一把攔住。

白圭惡狠狠地看著他：「這裡沒有你的事，有多遠滾多遠！給我記住，我討厭的人就是你。」說完他一用力，將白環狠狠地推進了河中。

撲通——

被冰冷河水淹沒的瞬間，白環看見白圭嘶吼著朝黑衣人衝了上去，臉上冒起奇怪的花紋。

為什麼，為什麼他要推開自己？

他要做什麼？

黑衣人看著衝過來的白圭，戒備道：

「後退！」

「這是個二級進化種！」

「開槍。」

那些聲音隔著河水，傳進白環逐漸被河水浸透的心裡。他看見黑衣人舉起武器，對著白圭毫不留情地攻擊，子彈打在白圭異變的皮膚上，卻被彈開。

黑衣人首領下令：「換槍！不論生死！」

「啊啊啊啊啊！」

白圭紅著眼睛衝進包圍，任由那些重型槍在他身上破開一個又一個傷口，鮮紅的血不斷從體內溢出。

他撲過去咬住一個人的脖子，撕咬下一大塊肉。下一秒，他就被一群人團團圍住，強制壓倒在地。

白璟最後看見的，就是被槍抵住腦袋還在不斷掙扎的白圭。然後，便再也看不見他。

河水突然湍急起來，帶著白璟向下游沖去。岸上的黑衣人追著他跳下河，卻被困在莫名出現的漩渦中，動彈不得。

白璟閉上眼。

他記得白圭說的那些話。

「如果我是你，我就把那些人類撕成粉碎。」

想起黑衣人開槍時，臉上的驚慌與厭惡；想起被困在南極海底的慕白；想起，老媽曾對他說的話……

「胖胖，以後無論發什麼事，都不要恨。」

他想起離開老家後，與他一起生活的那些人，想起了救起他的研究隊隊長衛深和李雲行，想起那天晚上救他的無名騎士，想起生死不明的白家三百多口人。

白璟覺得很累，非常累。

無論是海裔，還是人類，流出來的血不都是紅色的嗎？

——為什麼會這樣？

為什麼你不在這裡，大白？

他把自己的意識前沉浸到黑暗中。

而我總是，只能眼睜睜地看著事情發生。

意識淪落深淵的最後一刻，白璟的下腹倏然冒出一股熱流，順著經脈流遍全身。同時，彷彿來自遠古海洋的呼喚，在他耳邊悠悠響起。

瞬間，一點青藍色的光芒在他雙腿上亮起。有那麼一刻，那雙屬於人類的腿似乎變了模樣。

第三十五章　夢回

噗嚕嚕——

氣泡從鼻子裡冒出來，浮出海面，又啪啪地被戳破。

海水溫柔地撫過肌膚，仿若身置母親子宮內般安全溫暖。陽光從海面投射下來，被海浪折碎成縷縷金芒，像是散落的星子一點一點地探進深海。

本該是良辰美景，然而在這樣的景色裡，卻蘊藏著一層令人背脊發涼的危險。遠處的天空劃過血般的紅芒，海面上的空氣裡帶著刺鼻的氣味，蔚藍的天空像是抹上了一層陰影，漸漸披上不祥的灰黑色彩。

深海中的各類生物，像是感覺到了危險，躁動不安起來。

海底巨獸們搖擺著巨大的身軀，將本就不平靜的海面掀起一道道波瀾。

龍王鯨抬起粗長的尾巴，暴怒地拍擊著海面，尖銳的牙齒撕咬著不幸湊到牠身旁的小型生物；兩公尺長的巨大奇蝦紛擁在近海面，顧不上掠食者就近在眼前，一下一下地躍動著身軀。

「離開這裡！」

一道絕對權威的意識，突然在所有暴動的傢伙們腦內轟然炸開。

「去深海！不要回頭，去深海。」

清晰無比的意識，迴響在整個龐大的海域，彷彿有一個至高無上的領袖在對群屬下令。

龍王鯨漸漸安靜下來，其他海獸們也沉靜許多。牠們看向同一個方向——那是一座孤島。

不，是足有一座島嶼那麼大的海獸。

牠的背脊露在海面，而發出命令的正是坐在牠背脊上的「人類」。

他有著如同天空般湛藍的眼眸，深夜一樣漆黑的長髮；他上身赤裸，扶著巨獸的鱗甲立於牠的背脊，面帶愁色地看著遠處的天空。

一道道隕石如同細雨般落下，落在海面，落在大陸，陸地發出撕裂般的淵鳴，裂開而又重新聚合，無數的陸地種群滅絕於此難。陸地上，已經是一片地獄般的場景。

「去深海！」

少年回頭，對著所有海洋生物命令。其他的海洋生物早已潛入深海，而不能長期深潛的海獸們則聚攏在他附近，一同仰望即將逼近頭頂的末日。

牠們都知道，能熬過這場災難的只有極少數的倖存者。而只有他知道，這場天災毀滅的不僅是陸地和海洋上的生物，還有屬於他的族人、他的家園、他們建立在這片大陸上的繁榮文明。

這是天怒嗎？

是為了懲罰不尊敬神明的他們，而降下的懲罰嗎？

「普飛亞。」

少年撫摸著身下龐然大物的鱗甲，宛若靜物的鱗甲突然掀起一片，露出一雙漆黑的巨眼緊緊盯著他。

明明是恐怖的巨獸，卻在眼神中透出一絲溫柔，牠從喉嚨深處發出悠長的低鳴，似乎在回應著什麼。

只是看著他們相處，便有暖意撫上心頭。

然而少年突然收回視線，看向湊在他附近的海獸們。他驟然露出一個笑容，對著茫茫空氣像是自言自語，又像語重心長。

「如果避免不了，就去……吧。」

低沉的聲音透過陰霾的空氣傳來，彷彿隔了數百萬個潮汐、數百萬的年月，徘徊在耳邊，永不退散。

白環一個抽氣醒來。

他急促地喘著氣，額頭的汗水密密麻麻地滴落，將前胸的衣服都浸濕了。夢裡的末日情景令人心悸，又太過逼真，讓白環有身臨其境的恐懼感。

「不可能吧，都什麼年代了。」他拍著胸口，「末日梗早就玩膩了好不好。」

「末日？」

有人在他耳邊輕輕吹氣，聲音低啞，「那是什麼？」

白環倏地回頭，銀灰色的長髮從他眼前飄過，輕輕蹭過他的眼睫毛，弄得心裡癢癢的。

「大白？」他大喜，「你出來了，你沒事了？」

大白鯊對著他幽幽一笑，卻不說話，只是圍著他不斷徘徊。

白環心裡莫名有一絲不安。

「大白。」他伸出手，想要握住大白鯊的手，卻被躲了過去。

「你背叛我。」

慕白冰冷的聲音，隔著海水傳了過來。

這一天終於來了。

白環雖早有準備，但還是心慌地連忙解釋：「不是，你聽我解釋！」

我沒有背叛你，我根本不知道白家的那些事，我和岸上的那些人類也沒有瓜葛，絕對沒有想過要利用你……

他想要這麼解釋，然而慕白繞著他轉圈，突然陰陰笑了兩聲。

「我把『心』給了你，你卻把它交給那些猴子。」慕白的表情，變得恐怖而詭異：「我要把你吃了！」

他裂開血盆大口，向白璟咬來。

白璟下意識地躲避，卻發現自己動彈不得。

他低頭去看，身下不是屬於藍鯨的巨大尾鰭，也不是屬於人類的雙腿，而是一片血肉模糊，腿不像腿，尾巴不像尾巴，一團蠕動的肉塊在他下身顫動著。

這是什麼玩意啊！

白璟被自己噁心到了，他還沒有反應，慕白已經張著大口，把他下半身這塊醜陋的肉團一口吞了。

一口吞了！

親睹這一幕，白璟第一個想到的竟然不是痛，而是——慕白不會吃壞肚子吧？

正在他這麼想時，大白鯊又抬起頭來，含著他軀體的一部分，微微一笑，抹去嘴角的一絲猩紅。

「味道不錯。」

那雙漆黑的眼眸裡，閃爍著愉悅的神采。

啊——

白環這次真的是被嚇醒的，慕白一邊吃著他的肉一邊朝他微笑的場景，實在太嚇人了。最要命的是即便如此，他也沒有半點憎恨慕白。

然而當白環恢復神志，看到的卻是一片模糊的白色，耳邊還有細微的人聲。

這個場景怎麼有些熟悉？

「你醒了？」有人走過來撫著他的額頭，「退燒了，應該沒事。」

白環明白，他又被人救了。

他大腦一片混沌，唯一記得的，只有最後落河前的一幕，還有夢中的場景。

尤其最後的夢中夢，給他的心理陰影實在是太大了。

「我……咳！」他清了清喉嚨，「我這是……」

「現在別說話，你在水裡待了太久，天又冷，一直在發燒。」那人跟他說，「最好再躺會。」又瞥了他一眼，道，「不聽醫囑，就把你綁在床上。」

多麼熟悉的風格！白璟抬頭眨了眨眼，看清眼前人。

「李雲行？」

「是我。」李雲行瞇眼微笑，「很遺憾地通知你，你不幸又落入我的手中。等燒退了，等著看我怎麼收拾你。」

白璟一副死豬不怕開水燙的樣子。

「……跟你借的錢我都用光了，你看著辦吧。」

「借？下次你再『借』試試看。」李雲行冷笑，「至於還錢，賣了你的色拿去換財也是可以的。」

「好了，小李，別嚇他了。」

旁邊又有人開口，白璟注意到這屋子裡還有第三人。

「衛叔叔？」

從醒來到現在，白璟完全糊塗了。

這究竟是怎麼回事？

衛深看著他：「小璟，我知道你有很多話要問，但是先休息吧，等你身體好了，我保證一一回答你。」說完，又皺眉看向李雲行，「來，小李，你跟我出去。」

李雲行不情不願地跟著衛深離開，白璟一個人躺在床上，想起這次與南極研究隊的第二次相遇。

第一次，可以說是巧合，那第二次呢？

他們對自己的事知道多少？如果一開始就發現了自己的身分，那麼……

白璟的表情沉了下來，他撫摸著自己的腹部。那裡有慕白託付給他的，十分重要的東西。

無論如何，白璟想，藍寶石在自己身上的事，絕不能讓任何人知道。

這一晚，白璟做了各種心理準備，然而他沒想到第二天衛深來找他，第一時間竟不是問問題，也不是解釋，而是牽扯到一件不相干的事情上。

「情況緊急！」衛深一臉著急，「我們得到最新消息，又有一名親代種落到那幫人手裡。事發突然，我們需要你的幫助。白璟，你是認不認識一個叫『茨塔』的人？」

「茨塔？」

「一個和你一樣經過蛻變的海裔，海豚科的！」

白璟想了好久：「衛叔叔，我有點不明白你這句話。如果要問是不是我認識的人，直接給我照片看不就行了？」

「有，有！」衛深連忙拿出一張，「這是他剛剛出現時，一個路人拍到的。」

路人為什麼會無緣無故拍一個普通人？

白璟拿過照片，下一秒就懂了。

出現在鏡頭裡的是一個衣衫襤褸的年輕男人，他幾乎赤裸，旁若無人地走在大街上，而最引人注目的是他的容貌。

一頭長髮半黑半白，除了臉和下腹是白的，四肢都是一片漆黑，而右眼上還

第三十六章　見面

一隻雄性，塊頭足有十五公尺的虎鯨，名字叫嘶嘶噠。

這是白璟也想不到的事，但事實就是事實，他不能因為說出了事實就被人鄙視。

「我說的是這個呃，『人』的名字。」白璟抗議道，「他本名，應該是本名吧，叫『嘶嘶噠』。你們剛才說他叫什麼？」

李雲行和衛深尷尬地互看了一眼。

「茨塔。」

「他告訴你們的？」

「不是，是有人與他搭訕時，他說的第一個詞。」衛深說，「我們以為這是他的名字。」

白璟十分確認，這個變成熊貓人的傢伙就是那隻與大白鬥毆的虎鯨。關鍵是，他怎麼會到了陸地上，衛深他們說的「親代種」，又是什麼意思？

他不動聲色道：「我認識他的時候，他的名字是『嘶嘶噠』，應該是你們聽錯了。不過，他怎麼了？為什麼要問我認不認識他？」

「是這樣的。」衛深道：「他一出現，就引起了各方騷動。」

大街上一個裸奔的 cos 熊貓男，不引起騷動才怪。白璟吐槽。

「不是你想的那樣。雖然在一般民眾中也引起了注意，但是這個嘶嘶嗟的價值，體現在他是目前已知的兩名親代種之一，所以才格外引起關注。」衛深道。

「等等，親代種是什麼意思？」白璟舉手提問。

「這我要從頭解釋。所謂的海裔，按照血脈分為普通種、高級種、親代種和純種。普通種與一般人無異，只能藉由基因檢測出來。高級種擁有遠超人類的能力，有時候是體魄，有時候是智力，這樣的海裔混在人類中，往往能成為十分優秀的社會精英。」

衛深詳細講解道：「但高級種的情緒也很不穩定，有時候還會出現極度的反人類主義者。所以，一般都會受到嚴密監控。」

「所以你們說的親代種，就是能力更強，但是更不容易控制的海裔了？」白璟問，「你們說，這個嘶嘶嗟是親代種？」

「不僅如此，親代種最強的能力，其實是變身。」衛深看了他一眼，「可以變為他血脈裡的原始祖先的外貌。這是其他海裔都沒有的能力。」

「有人曾親眼見到他在海邊出現，同時國外檢測到的一隻行為詭異的虎鯨，也與他出現的時間十分巧合。因此，我們有足夠的理由懷疑，嘶嘶噠就是親代種。他曾一度返回海洋，現在又回到陸地。」

人家是土生土長的虎鯨好不好！我上次見這傢伙的時候，他連猴語都不會說呢，連大白都嫌棄他。

不過，嘶嘶噠是突變海裔的事，白璟並沒有告知衛深。

「他既然引起了你們關注……等等，有人把他抓去做實驗？」白璟馬上翻身坐起，「他們要解剖他？」

「事情還沒有進展到那一步，少安勿躁。」衛深拍了拍他，「嘶嘶噠是在我國國內登陸的，原本被控制在我方手中，只是那些美國佬要求共同研究，開放同等的調查權。」

「研究？」白璟冷哼，「他們只把海裔當作畜生。」他看了衛深一眼又不說話。

「我能理解你的感受。」衛深嘆了口氣，「的確有部分人類將海裔視作異族，只想挖掘他們的研究價值為自己所用，卻沒有考慮過這個種族的存亡和他們個體的尊嚴。我為這些研究者的行為，向你道歉。」他低下頭，向白璟深深鞠躬。

被一個年長自己這麼多歲的長輩如此對待，白璟有些慌亂了。

「我……」

「但是，請相信我們也是不得已為之。為了整個人類，不，整個地球生物的存亡，我們需要海裔的力量。」衛深再次道，「所以，我們會在尊重海裔個體意見的基礎上，與你們開展合作。嘶嘶噠這個親代種的出現，是我們所有人的希望，本來大家是打算找到能與他交流的人，開展互利共贏的計畫。」

「本來？」白璟敏銳地道，「出什麼意外了？」

「昨天晚上……」衛深緩緩道，「負責監控嘶嘶噠的我方基地受襲，親代種不見了。」

白璟喉結上下翻滾，艱難地問出一句：「誰幹的？」

「我們的衛星發現同一時段，駐日美軍艦隊有所行動，但是他們宣稱只是正常的軍事活動。」衛深苦笑，「我們沒有證據。」

「要不到就搶嗎？」白璟冷笑，「說吧，你們需要我做什麼？」

「你願意幫助我們？」衛深抬頭看著他。

「不願意。」白璟說，「可那又能怎麼樣？至少你們還願意說些好聽的話。那些軍艦上的可是一見面就請我吃魚雷的傢伙，我更不想看到嘶嘶噠落到他們手裡。」

衛深鬆了口氣：「十分感謝你願意理解。對於這次襲擊，我們雖然沒有證據證明是對方所為，但是也不會白白吃虧。上面已經施壓，明天我們雙方會在南海附近會面。名義上是軍事交流，其實是關於海裔研究交流。」

他看向白璟：「希望你能借這個機會，找出嘶嘶噠的位置。」

「為什麼你認為我能做得到？」

「因為你們都是親代種，彼此之間會有特殊感應，更何況，你們還有遠超於一般人的能力。」衛深說，「我知道你還不能完全信任我們，我只能保證，我們不會像其他研究者一樣罔顧海裔的性命。」

白璟為何要去救一隻相交不深的虎鯨？理由很簡單。如果你是一個倖免於屠殺的幸運兒，知道你僅剩不多的同胞落在敵人手裡，而你有能力，你救不救？

事情就這麼定下了。

「明天我會再來找你。」衛深說著，準備出門。

「你認為，這世上還有純血的海裔嗎？」白璟突然開口。

「如果有。」站在門前，這個一夜之間彷彿蒼老許多的男人回答，「那他一定是這世上最恐怖的生物。如果不幸，他又十分仇視人類，那我們的合作就不一定能如此順利了。」他深深看了白璟一眼，關上門。

白璟想起慕白，想起最後見到半人鯊本體時他毀天滅地的能力。

不得不承認，衛深的話是正確的，任誰都不會將如此恐怖的異族視為合作伙伴。純血海裔的存在，只會使人類更加忌憚這個種族。而對於海裔來說，純血則會勾起他們不該存在的野心。

他嘆了口氣，難道以後只能一直和大白躲在深海裡了？

「拿去。」

旁邊的人突然遞來一隻企鵝。

「這傢伙一直在咬我，要是再不讓牠看見你，牠就快鬧翻天了。」李雲行說著，將在手裡不斷掙扎的企鵝遞了過去。

「ㄚㄚ！」

白璟抱過企鵝，又想到一件事。自從那天晚上以來，慕白似乎就沒再出現。想到這裡，他抬頭看向李雲行。

李雲行被他的眼神看得毛骨悚然。

「你幹什麼？」

不行，白璟失落地低下頭，連這個最容易被附身的傢伙都沒能讓慕白出現。

大白鯊那裡，該不會出了什麼意外？

「沒事了。」他對李雲行揮了揮手，「讓我一個人待著吧。」

李雲行無言。為什麼突然有種被這傢伙嫌棄，很不甘心的感覺？

所有人都離開後，白璟都只和ＹＹ一起待著。連續兩晚，他幾乎都在失眠中度過。想起杳無音信的大白，又想起自己做的夢中夢，難道大白真的生氣了？

他在床上滾了個圈。

真希望趕緊解決這些煩心事，回去見大白。

天亮得出乎意料地快，彷彿只是一個睜眼閉眼，第二天就到了。

白璟穿戴整齊，深吸一口氣，想起今天的任務，抱著不成功便成仁的態度推門而出。

「哈囉，小帥哥。」

背光的地方，有個人靠著牆向他打招呼。

「幾天沒見，你還是原來那個傻乎乎的樣子嘛。」

哪來的傢伙這麼沒禮貌？

白璟惱怒地瞪過去。

一望之下，他驚呼出聲，看著這穿黑皮衣的傢伙，「妳是那個機車騎士？妳原來是和他們一伙的？妳妳妳妳竟然是女的？」

「你究竟要我回答哪個問題？」女騎士朝他眨了眨眼，「是不是後悔，那天晚上坐我後面沒再摟緊一點？」

白璟的臉騰地紅了，想起自己好像還說過以身相許之類的話……身為一隻鯨的面子裡子，這下都丟光了！

「好了，雲婷，別再取笑他了。」衛深總是關鍵時刻的救場先生，「我們今天還有正事。」

李雲婷一個鯉魚打挺站直，嘴角掛起一抹冷笑：「正事嘛，我當然還記得。走吧小帥哥，我帶你去艦上，這次對方來了一個了不得的傢伙呢。」

了不得的傢伙？難道是總統、國務卿，還是麥當勞叔叔？哈哈，不可能吧。

白璟跟著李雲婷坐車，坐船，登上艦隊，最後抵達雙方會面之地。

他躲在暗處，看著兩邊的人一個個走到開闊地，握手，交談，自己則伺機尋找嘶嘶噠的身影，突然背後就升起一股涼意。

他猝不及防地望進一雙碧綠的深眸中。

鉑金的髮絲被海風吹亂，那人微微瞇起眼，看著白璟，就像是看著終於捕獲到手的獵物，眼中盡是志在必得、占有，與一抹陰狠狡黠。

糟了！白璟猛地起身，他想提醒衛深，可下一秒，軍艦驟然劇烈顫動起來，讓人連站都站不穩。

異變以無人阻擋之勢，從天而降。

看著上方驚慌失措的小藍鯨，路德維希微微一笑。

他等這一天，實在太久了。

第三十七章　鯨歌

變化只在一瞬之間。

軍艦開始晃動的第一秒，衛深就察覺到情況有異，他第一反應是對方做了手腳。可看到對面的美軍軍官臉上同樣露出驚恐後，他就明白，他們都被算計了。

螳螂捕蟬，黃雀在後，有人想在幕後將他們一網打盡。

船艙內警報淒厲地響著，刺穿每個人的耳膜。有人倉惶對視，不知所措，他們甚至連襲擊來自哪裡都沒有搞清楚！

是誰，策劃這場襲擊的人是誰？他的目的又是什麼？就在衛深絞盡腦汁地思考這些問題時，對面的人群裡緩緩走出一個人。

這是個神情漠然的年輕男人，他看向衛深等人的表情十分冷漠，就如同注視著垂死的螻蟻。

「路德維希！」一名美軍軍官咬牙切齒，「果然是你，你這個該死的……雜種！」

他掏出武器，然而槍才掏到一半就被人反制壓住，手指與槍托猛烈碰撞發出清脆的響聲。軍官一聲哀鳴，捂著手跪倒在地，而出手壓制住他的，是原本站在他身後的一位警衛。

此時，這些穿著黑衣，原本負責護衛的警衛全部走出隊伍，站到金髮男人身後。他們以同樣的目光看向在場的人類，冷漠、仇恨，和終於釋放出來的憤怒。

衛深明白了。這是一次集體叛變，一次來自軍隊內部海裔的叛變。

早有耳聞，美軍一直都在培養為自己所用的海裔特種部隊和研究人員，沒想到第一次見到這些祕密武器，竟然是在對方倒戈之時。

這些背叛人類的海裔會怎麼對付自己這些「外人」呢？衛深苦笑，答案已經不言而喻。

路德維希看都不看哀叫掙扎的人一眼，示意「藍血」特種士兵們看管這些軍官，他自己一人走到衛深等人面前。

「我應該感謝你，衛先生。」

路德維希用生澀的中文說，綠眸裡閃爍著詭異的光芒，「要不是你將計就計，我還不會這麼快就實現計畫。而你，大方的先生……」他微微勾起唇角，低聲道，「甚至將我覬覦已久的瑰寶送到我面前來。」

說完他抬起頭，看向二樓舷梯處。

「衛叔叔！」那邊，白璟正擔憂地呼喚他。

衛深立刻明白了，倒吸一口氣：「是他！是你！」

短短兩句話，卻洞悉了太多祕密。

「作為感謝，我會讓你們痛快地離開。」路德維希微微一笑，抬手一揮，「清理乾淨。」

身著黑衣的藍血成員走上前，包圍住手無縛雞之力的衛深等人。

「混蛋！」看清楚那邊情形，白璟雙眼通紅。

「走。」李雲婷在背後拉他，掏出負在身後的武器，她同樣雙眼赤紅，卻沒有絲毫猶豫。

她知道這個時候與其去救被包圍的衛深等人，不如將白璟帶走。帶回嘶嘶嗟已經沒有希望，白環就是他們唯一的火種。

可惜，路德維希顯然不會這麼輕易放過藍鯨。在李雲婷剛剛拉住白環時，三名黑衣人就從周圍包圍上來。

「該死的！」她低咒一聲，上前搏鬥。

白環收回心神，見到以寡敵眾的李雲婷，連忙想幫一把。控制，如果能控制這些黑衣人，就還有機會！然而他心裡這個想法冒出來還沒有一秒，樓下路德維希突然大喝。

「阻止他，他要使用能力！」

只見幾個黑衣人停下動作，下一秒他們竟然拿出匕首自殘。看到那鮮紅的血汩汩流出，白環感到一陣頭暈目眩，接著發現自己無法使用能力。

這是——

那些人類，利用我們的同胞。

白璟想起慕白能力失效時的場景。

原來如此，原來所謂的利用，指的是用同樣源自海裔的血阻止親代種和純血的能力發揮。

更諷刺的是，這明明是人類開發出來的能力，此時竟被海裔用來對付自己人。不遠處，李雲婷悶哼一聲，被人一腳踢飛撞到牆上。

「妳沒事吧？」白璟連忙扶住她。

李雲婷低頭抹去嘴角的鮮血，笑了笑：「沒事。你躲一邊去，別被他們抓到。」

「躲什麼躲！讓妳一個人保護我，我在旁看熱鬧還是人嗎？」白璟著急。

「你本來就不是人嘛。」李雲婷這時候還有心思開玩笑，「好了，我知道你擔心，但是……」她的臉色沉了下來，看著那些海裔手臂上流出的鮮血，「你的能力現在不能用了，對不對？不要管我，重要的是你千萬不能落到這些瘋子手中。」

「瘋子？」對面的海裔突然笑了一聲，「比起你們這些發瘋般想求生的人類，我們瘋一點又算什麼？」

「是你？」白璟認出了這個人，錯愕道，「你竟然也是海裔，你……」

這個黑衣人，正是那天在河邊下令對白圭開槍的傢伙。

藍血首領轉身看他：「請跟我們走吧，白先生，你的歸宿在這，不是嗎？明明我們才是同胞，為何你要護著這些人類？你忘記他們對你的族人做了什麼嗎？」

「我沒忘記！」白璟警戒地看著他，「可是，那天對我的族人開槍的是你們！」

「哦，那是不得已。」藍血首領微微聳肩，「為了達到目的，有時的確不得不做出犧牲。不那樣做，你又怎麼會深信自己受到追捕？怎麼會遇到這些人，乖乖地走進我們安排的陷阱裡？」

「不擇手段，你們與那些拿海裔做實驗的人類有什麼區別！」白璟怒目而視。

「沒有區別。」

這時路德維希推開藍血的隊員，走到了白璟面前。他低下頭，看著這個半坐在甲板上的漂亮年輕人。

「都是私心。只是我們是為了海裔，為了整個族群。而人類，是因為他們的貪婪。」他打量著白璟，露出溫柔的笑意，「初次見面。不，我想在南極的時候我們已經見過了，不是嗎，小藍鯨？」

不知為何，白璟有些畏懼這個男人的目光，那沉重的視線讓他莫名地恐懼。

「你……」

「路德維希．特里斯坦！」李雲婷喊出路德維希的全名，冷笑道，「竟然是你！你這個臭名遠揚，投靠人類的海裔叛徒！偽裝背叛同胞，進入美軍內部，其實是你早策劃好的對吧？聽說美軍還曾讓你親自主導海裔解剖實驗，而你竟然能夠做到這一步，藏得可真夠深，忍耐得真夠久啊！」

路德維希的表情有一瞬間扭曲，他抿了抿唇，低聲道：「讓她閉嘴。」

「是。」身旁的藍血士兵立刻上前。

「住手！」白璟攔在前面。

「你放過她。」他深吸一口氣，努力平復情緒，「你的目標是我。讓這些人全部安然無恙地離開，我就跟你離開。」

路德維希轉頭看著他，目光變得冷淡：「為了區區人類，你跟我談條件？」他又笑了，「你覺得你有談條件的資格嗎？」

話音落地的下一秒，像是鳥兒扇動翅膀的撲稜聲響在軍艦周圍響起。

一道道黑色身影從船舷邊爬上來，他們渾身濕透，目光森冷，舉止僵硬，像是從海底爬出的水鬼。片刻後，軍艦上遍布了上百個海裔，占據了所有空位。

「乖乖跟我走。」路德維希伸手抓住白璟，將他拉到自己身前，「否則，我不確定自己會不會做些什麼更『殘酷』的事。」

他說話時呼吸噴薄在白璟臉上，然而白璟卻感覺到那些氣體是冰冷的，就像他此時的感受，如墜冰窖。

「如果我跟你走……」他咽了口口水，「其他人會怎麼樣？」

路德維希沒有說話，只是憐憫地撫摸他耳邊的頭髮：「你不用考慮這些。」

言下之意，不言而喻。

該怎麼辦？

白璟閉上眼，拚命在內心狂吼。

如今被逼到絕境，他究竟該怎麼應對？只能眼睜睜看著衛深和李雲婷葬身大海，自己也成為被操縱的傀儡嗎？

能力被限制，人數沒有優勢，甚至天時地利也不利於他。

天時地利……白璟突然睜開眼，看著浩瀚的海面。

不，還有機會！這裡是海洋，是孕育出遠古海裔的地方，而我，擁有他們都沒有的能力！

不要小看你的力量。

慕白的話在耳邊迴盪。

我能做到的，我能做到的事……白璟拚命思考著。

路德維希則把他的沉默當作服從，滿意地勾起嘴角，他抓住白璟，直想把人摟到自己懷中。

一直沉默的白璟突然張開嘴，無聲的波紋以他為中心散開。

那是人類不可聞的聲音，卻如利劍般穿透在場所有海裔的耳膜，穿透深海，傳遞到數百海里以外之地。

路德維希雙手驟然失力，不受控制地鬆開白璟。他抬起眸子，驚愕地看向對方。

白璟閉著眼，彷彿正吟誦一首無聲的歌，而他身上也微微閃爍起光芒，是與慕白變身時一樣的銀芒。

沒過多久，遠方便傳來陣陣悠鳴，如同大提琴的悠揚低奏，旋律獨特的歌聲在所有人耳邊響起。

「天啊！」

有人驚呼，他們看見，遠處海平面升起的一道道白色水柱。
那是一群鯨魚。
回應白璟呼喚而來，唱著鯨之歌的海洋巨人。

第三十八章 歸處

從來沒有人在一片海域同時見到這麼多鯨豚。

最初，牠們從海的那一側游來，背鰭劃破海面，噴薄而出的白色水柱直沖雲霄，又化為點點水霧消逝風中。緊接著，一座座起伏山丘般的背脊進入人們視線，乍看彷彿是一片巨大的山脈滾滾而來，遮天蔽日，攝人心魄。

而這些鯨豚中又以藍鯨最多，牠們潛入水中時會高高擺起尾鰭，猶如高舉戰旗、聽從號召奔赴戰場的士兵。如此齊整的行動出現在這些海洋哺乳類生物身上，震撼感又成倍擴大。

白璟看著遠處的鯨魚，心中前所未有地平靜。

從踏上陸地的那一刻起，他就如同走在鋼絲上，哪怕雙腳踏著大地，哪怕行走在人群之中，他也未有過片刻的安穩。直到這時聽著熟悉的呼喚，看見與自己血脈相連的同族，他才有了心安的感覺。

人類，海裔，無論在哪一方，白璟都從來沒有獲得過真正的歸屬感。而這時他才終於明白，他並不是人類，也不能算是海裔。

他是一隻鯨，一隻本該暢遊在浩瀚深海的藍鯨。

如果避免不了，就去海洋吧。

他終於記起夢中少年的話。大海，只有這片蔚藍的海之天空才是他真正的歸屬。

「妳能自己走嗎？」

白璟對還在震驚之中的李雲婷伸出了手。

那雙黑色的眼睛明亮璀璨，充盈著她之前從未在對方眼中見過的明快情緒。此時，他身上彷彿披著一層奪人心魄的光芒，讓人捨不得移開視線。

「我，我沒事……能自己走。」李雲婷愣愣道。

「那就跟我來。」白璟說著抓住欄杆，一躍而下。

「等等！」路德維希下意識地伸手想要抓住他，然而他其他海裔一樣渾身無力，甚至連站立都需要依賴扶手。

已經穩穩落地的白璟回頭看了他一眼。

「我不知道你追求的究竟是什麼，為了實現目的又犧牲了多少。」白璟看著他，「但是，我絕不贊同你的做法。」

說完，他便頭也不回地向著船舷跑去。

路德維希緊抿著唇，眼睛追逐著前方奔跑的身影，像是要把人牢牢刻進眼睛裡。指甲刺進手心，也難以掩飾他此刻的憤怒與不甘。

然而白璟沒空顧及他的心思。

「衛叔叔，你們沒事吧？」走到之前被包圍的衛深等人身邊，他關心道。

「沒事。」衛深擺了擺手，複雜地看了他一眼，「這些海裔突然喪失行動能力，我們才僥倖保住一命。謝謝你，小璟。」

「你們救了我兩次，我才救了你們一次，這是應該的。」白璟笑，「沒事就好，不過有誰不方便行走嗎？我們要在他們恢復行動能力之前離開。」

「你的意思是，這些海裔很快就能行動自如？」衛深看了船上動彈不得的海裔們一眼。

他們紛紛回以仇恨的目光，而海裔們看向白璟的眼神卻複雜而沉重，帶著一絲怨恨，更多的是哀求和希冀。

白璟不敢多看他們一眼。

一旁的美軍軍官說：「既然這樣，索性趁這次機會將這些雜種全殺了！」

「殺了？」白璟冷冷看了他一眼，「你敢動他們，我就把你們全扔到太平洋海底餵鯊魚。」

這些軍官無奈對視，他們知道自己身分尷尬，只是白璟救人的附帶產物，也不敢多話。

白璟懶得跟他們多說，對衛深道：「我的能力……我也不是很清楚這是怎麼回事，但是讓他們無力只是暫時的，應該持續不了多久，我們還是得盡快離開。」

「離開？」衛深疑惑，「這裡是在公海中央啊……」

他們處在北大平洋的公海區域，附近沒有船隻，要聯繫救援也需要一段時間，怎麼才能立刻離開？

李雲婷也問：「就算派戰機來接，也不是一時半刻的事。」

「當然有辦法。」白璟對他們神祕一笑，「總之，先跟我來。」

他帶著衛深一行人走到船舷邊，游聚過來的鯨豚們圍著軍艦徘徊，掀起的海浪一下下擊打著船側，讓軍艦微微搖晃。

很多人還是第一次如此近距離地與這些海洋巨人接觸，研究海裔是一回事，真正的海洋生物又是另一回事了。

他們看見白璟毫不害怕地跳到船舷外，手抓著欄杆，眼睛注視著海面，嘴唇上下開合，似乎在與鯨魚交流。一時之間，所有人看向白璟的目光都有些複雜。

海裔們的確源自大海，但是能和原生態的海洋生物如此順利溝通，並調動牠們聽從指揮的海裔，這些人從未見過。

便是衛深，看向白璟的目光也帶著驚嘆。

這樣的白璟，不像是人類，也不像海裔，更像是掌控著這整片海洋的主人。

白璟才沒空管身後那幫人在想些什麼，他不斷散發自己的意識，在鯨群裡面尋找，找到目標後驚喜道：「ＹＹ！」

他看見一隻短腿的企鵝坐在其中一隻鯨的頭頂。

這隻偷偷跑出去找援軍的企鵝，聽到呼喚抬頭看了他一眼，目光卻顯得有些凶狠。

白璟有了預感：「呃……慕白？」

「**白痴**。」

果然是慕白！

久違的意識交流再次傳遞過來，白璟喜出望外。不過，他現在沒有時間與慕白敘舊，得先將這些人安置妥當了才行。

「衛叔叔。」他轉身對衛深招手，「你們下來，坐到這邊。」

「坐到哪？」衛深順著他指的方向看去，目光頓時有些呆滯，「你指的，難道是讓我們坐在藍鯨的背上？」

只見一片寬大的青灰色背脊緩緩浮出海面，一隻將近四十公尺長的藍鯨將自己的背部顯露水面，宛若一座小山丘。

「噗嘶。」

牠噴出水柱，似乎是在不耐煩地催促。

白璟站在船舷，像是稱職的列車乘務員一樣，面帶微笑，邀請乘客們各就各位。

包括衛深在內，所有的得救人員都已經喪失思考能力了。

在場每個人都坐過巴士、坐過火車、坐過飛機，甚至坐過太空船飛向另一顆星球，但是坐藍鯨——尤其是在北太平洋上搭乘藍鯨乘風破浪，是讓人想破頭都沒有幻想過的事。

「我先！」

比起膽戰心驚的老一輩，年輕人李雲婷躍躍欲試。這位少女騎士翻過欄杆，大笑著從軍艦跳到了藍鯨背上。

「衛叔叔，快下來啊！」

她趴坐在鯨魚背上朝衛深揮手，手還摸著藍鯨滑順的背部肌膚，簡直愛不釋手。

「這……」衛深抬了抬腳，尷尬地發現別說跳過去了，他可能連欄杆都爬不過去。而這些人裡還有頭髮花白的老研究員，這些老人更不可能像李雲婷那樣飛躍鯨背。

「是我疏忽了。」白璟恍然，轉身看著浮在身側的藍鯨。

「麻煩你。」

藍鯨輕輕擺頭回應，差點把坐在牠背上的李雲婷晃下去。牠睜著碩大如銅盆的眼睛看向白璟，漆黑的眼珠裡清晰倒映著他的身影。

明明這雙眼不像人類一樣多情，也不像海裔那般深邃，但在這隻普普通通的鯨魚的眼睛裡，白璟卻看到了彷彿是當年母親注視自己時的溫柔。

不記得有多久沒被人用這樣關愛的眼神注視過，白璟一時之間眼眶都有些紅。

真是丟臉死了！他一抹鼻子，掩飾自己的情緒，大聲道：「衛叔叔，別擔心，你們一個個上來，這裡有樓梯。」

樓梯？

衛深等中老年人探出頭去看，更是驚得差點直接掉入太平洋中。

只見龐大的藍鯨緩緩轉過身軀，然後看著這些人類，張開自己巨大的嘴部。一片比普通小船還大的舌頭從牠的口腔伸出來，輕輕抵著船側，剛好形成一座巨大的滑梯，通向牠黑漆漆的喉嚨深處。

衛深咽了口口水，幾人互相對視。

看著這個足足能容納幾十人的巨大舌面，他們還是咬了咬牙踏上柔軟潮濕的「舷梯」，爬到了藍鯨背部。直到真正坐上這艘「鯨之號」巨船，他們的心臟還在劇烈跳動，久久不能平靜。

「輪到你們了。」白璟轉身，看向那些穿著美軍軍服的軍官們，「我知道軍艦上有充氣式的救生艇，取下所有武器，你們坐那個離開。不准打其他心思，明白嗎？」

軍官們都是聰明人，乖乖照辦。直到看著他們划著救生艇離開，並安排了幾隻凶狠的虎鯨跟蹤監視，白璟才自己跳到了藍鯨背上。

「出發吧。」

他溫柔地撫摸著藍鯨的背脊。周圍的鯨魚圍繞著他愉快地游動，發出人類無法聽到的低頻歌聲，游離軍艦。

海風拂過白璟耳側，吹起他的頭髮。

靜靜注視著軍艦消失在視線中，白璟明白，這次他是徹底離開，再也不會回到那個屬於人類的世界了。

蔚藍深海，才是他的歸處。

——《鯨之海02》完

番外　同居紀錄二

慕白即便受了傷，也要借助ㄚㄚ的身體陪伴在自己身邊，對這一點，白環不是不感動，只是他有時候真的不明白占據了企鵝身體的慕白在想些什麼。

大概是受企鵝腦容量的影響，變成企鵝的慕白不僅說不了長句子，人也變得有些笨，不過表達感情也比以前更直接。

具體表現在，他討厭除他以外的任何人或動物與白環交流，這種詭異的占有欲還波及到了ㄚㄚ本身。

有時候白環正抱著企鵝親密地玩，慕白突然占據ㄚㄚ的身體跑了出來，兩人大眼對小眼，白環望著被自己摟在懷裡正在摸小翅膀的企鵝就是一陣尷尬。

「白痴。」

慕白版企鵝用力扇了白環一巴掌，似乎對這個輕浮的藍鯨隨便摸別的企鵝感到不滿。

他的獨占欲是不分對象的。

更麻煩的是，白環經常摸不準企鵝什麼時候是ㄚㄚ，什麼時候又切換成了慕白。有可能前一秒他還在逗ㄚㄚ玩，下一秒就要面對一句冷冷的「白痴」，正準備生氣的時候，企鵝裡的意識又切回了ㄚㄚ本ㄚ，讓白璟有氣也無處發。

「我受夠啦，下次要切換的時候能不能給個提示啊！」這天，又因為做了不體面的事被臨時出來「巡邏」的慕白看到數落了一頓，白璟抱著ㄚㄚ的小翅膀瘋狂吐糟，「那個傢伙不好好留在自己身體裡，老是跑我這裡來幹什麼！」

當然是擔心你啊。

心裡有個聲音擅自回答了。

「我知道他是擔心我，但我現在不是從白家村逃出來了嗎？附近也沒有別人，他老是這樣神出鬼沒，說不定會引起懷疑啊。萬一這個村子裡的人也發現ㄚㄚ不對勁怎麼辦？」

如果企鵝ㄚㄚ能說人話，肯定早就告訴他，一隻能聽懂人類語言，還出現在內陸的企鵝本身就已經很不對勁了好嗎！

萬幸這個小村落的人沒見過什麼世面，人也淳樸，才相信了白璟的借口。要是隨便跑到外面的城市，他們早就上新聞頭條了！

「老師，老師！」

隔壁小女孩君君跑過來，又來找白璟，不，來找企鵝玩了。

出乎意料的是，企鵝似乎不討厭她，有時候也樂意與小女孩一起玩。白璟撐著下巴，看著這兩個小傢伙，突然有了想法。

「君君，妳和ㄚㄚ感情這麼好，不如結拜當兄妹吧。」

君君聽不明白，「結拜是什麼意思？我沒有兄弟姐妹啊。」

「結拜就是通過儀式將原來沒有血緣關係的兩個人締結為手足，也就是兄弟姐妹。」白璟誘惑小姑娘道，「結拜之後感情會更好啊，妳也可以經常來找ㄚㄚ哥哥玩了。」

「好啊！好啊！我要和ㄚㄚ結拜，我要做ㄚㄚ沒有血緣的妹妹。」

「ㄚㄚ，你呢？」

企鵝朝天翻了個白眼。我反對有用嗎？

白璟露出一個壞笑，「那麼這就說定了！」

於是，當慕白再次占據企鵝的身體，準備視察不聽話的藍鯨最近有沒有亂來的時候，就看到一個頭上綁著小辮子，鼻子下面還掛著兩串鼻涕的小母猴子撲向自己。

「哈哈，ㄚㄚ！大企鵝哥哥！」

慕白愣了好幾秒才想到反抗，然而君君力氣不小，小小的企鵝根本掙脫不了。慕白只能生無可戀地困在企鵝的身體裡，被這個黃毛ㄚ頭蹂躪。

在旁邊偷看的白璟露出賊笑，比了個勝利的姿勢。

慕白 V.S. 白璟，第一局，白璟勝。

「我就說你不要老盯梢似地盯著我。」事後，還是白璟將慕白從小女孩手裡救了出來。

「我每天在這個村子裡也就抓抓魚，畫畫圖，沒幹什麼別的。大白你如果真有要緊的事，就先去忙吧。」

慕白聽了大怒。

「白痴！」

你是嫌我煩的意思嗎？

「白痴！」

沒有我盯著，誰知道你還會做出什麼蠢事，會不會被那些傢伙抓到！

他擠在企鵝身體裡的時候，翻來覆去的只會說這一句話，白璟聽久也免疫了，不覺得慕白在罵人，反而覺得有些熟悉的寬慰。

這還是慕白啊，會生氣的、傲慢的慕白。他是真的會出現在企鵝的身體裡陪伴自己，而不只是自己的遐想。

想到這裡，白璟低下頭，輕輕在企鵝腦袋落下一個吻。

「你自己的身體也不知道傷有沒有養好，不用老是來擔心我啦。把自己調養好，等著我去找你，大白。」

本來很生氣的慕白，聽到這句話突然安靜下來。

「嗯?怎麼啦?」

白璟晃了晃手裡的企鵝,見牠還是一動不動,「回去了嗎?」

慕白並沒有回去,他還留在企鵝的軀體裡,只是一時半會還沒能消化剛才的那個吻。如果意識能展現出形態,他現在肯定已經是一團紅得快要爆炸的煙霧了。

慕白V.S.白璟,第二局,白璟勝。

慕白開始覺得,其實做一隻不能說話的企鵝,也沒有那麼不方便。

然而這個念頭只存在了短短一瞬,當隔壁的君君又拖著鼻涕喊著「大企鵝」跑過來的時候,慕白恨不得再也不要回到這個身體裡。

真不知道那隻企鵝是怎麼忍受的!

ㄚㄚ再次回來的時候,就看見白璟正在小河邊幫牠捕魚。ㄚㄚ邁著小腳ㄚ子走過去,頗有指點江山的意味。

白璟似乎能聽懂牠在叫喚什麼。

「有魚吃就不錯了,還挑三揀四的。」

ㄚㄚ不滿地又叫了兩聲。不給我好魚吃，我下回就不陪那個人類小女孩玩了，我還要告訴大白鯊，你是故意讓小女孩天天跑過來，就是為了噁心他。

白璟從牠的小眼睛裡看出了以上意思。

天知道一隻企鵝怎麼會這麼聰明！

「……好，我抓，你要吃什麼口味的？」

ㄚㄚ V.S. 白璟，ㄚㄚ勝利。

最終贏家，ㄚㄚ。

——番外〈同居紀錄二〉完

高寶書版集團
gobooks.com.tw

BL018
鯨之海02

作　　者　YY的劣跡
繪　　者　あさ
編　　輯　林紓平
校　　對　任芸慧
美術編輯　彭裕芳
排　　版　彭立瑋
企　　劃　方慧娟

發 行 人　朱凱蕾
出　　版　英屬維京群島商高寶國際有限公司臺灣分公司
　　　　　Global Group Holdings, Ltd.
地　　址　臺北市內湖區洲子街88號3樓
網　　址　www.gobooks.com.tw
電　　話　(02) 27992788
電　　郵　readers@gobooks.com.tw（讀者服務部）
　　　　　pr@gobooks.com.tw（公關諮詢部）
傳　　真　出版部　(02) 27990909　行銷部 (02) 27993088
郵政劃撥　50404557
戶　　名　三日月書版股份有限公司
發　　行　三日月書版股份有限公司/Printed in Taiwan
初版日期　2019年 4 月
六刷日期　2021年 1 月

國家圖書館出版品預行編目(CIP)資料

鯨之海 / YY的劣跡著.-- 初版. -- 臺北市 : 高寶國際, 2019.04-
冊；　公分. --

ISBN 978-986-361-665-8(第2冊：平裝)

857.7　　108003549

三日月書版

GOBOOKS
& SITAK
GROUP©